はるのよの

行走春夜里

风雅俳句 春

郑民钦——编著

中国出版集团 现代出版社

（1867—1902），他是和歌、俳谐革新运动的杰出旗手，虽然芜村时代已经出现发句从连句中脱离出来的苗头，但发句的完全独立基于子规的文学理论。他将独立出来的发句“俳谐”改名为“俳句”，其含意就是“个体”文学艺术的自觉性。在俳句近代化的过程中，首先必须确定季节感，子规在《俳谐大要》中指出：季语所引发的四季联想在只有十七音的简短俳句中具有重要的作用。他提倡写生，可以说，只有摆脱旧式的季题趣味，俳句才能获得新生。

季语赋予俳句以生命，诞生于四季风土的大自然以及生息在这块土地上的人们的生活，在漫长的岁月中逐渐形成其独特的体系。季语是对俳句最重要的制约，同时也是俳句产生诗歌般感人魅力的切入点。它的存在才能使扎根于日本土壤的诗歌展示其固有的特色。

季语在俳谐中是文学语，这种规制对作为文学的俳谐诗性也会产生负面的影响，因为它制约对自然美的自由体验。另外，并非只要使用季语，大自然的朴素美感就会转化为艺术美。当俳谐的大众化、平民化时代到来以后，由于创作手法的雷同、季语使用的模式化、自然观与人事观的因袭性，就出现依靠季语敷衍的“季题趣味”的现象。似乎只要有一本岁时记，就可以创作俳句。原本促使俳谐文学产生的季语反而成为俳谐文学停滞不前的因素。岁时记的发达一方面为作者的创作提供了极大的方便，另一方面也成为助长“季题趣味”的工具。

正因为如此，明治时代的正冈子规所开展的俳句革新运动就是从废除“季题趣味”入手，提倡真实抒写对象的写生说。子规对季语本身予以继承，破除的是近世末期的俳谐固定不变的窠臼，主张眼观手写对象的真实。这成为后来主张无季的契机。

昭和时代（1926—1989），随着时代的衍变，对季语在俳句文学中地位的认识所引起的争议使人们的思想认识产生多元化的倾向。毕竟生活在现代社会，人们的思想理念、生活情趣与芭蕉时代有很大的不同，俳句大众化的浪潮对季语的旧思维也产生了巨大的冲击，加上受到西方文艺思潮的影响，有人主张俳句也应该与时俱进，首要的就是冲破季语的“樊笼”。新倾向运动乃至后来的无季俳句是这个论点的主张者和实践者，但必须指出，他们并非一律不创作有季句，而是主张无季俳句同样也是具有艺术性的文学俳句。他们将季语视为单纯的语言，只是表达内容的一种手段，不是俳句所表现的目的，把季语从象征性中解放出来，并伴随着扩大素材以作为美感的一种手段。

这个主张主要为年轻人所接受，生活在工业化社会的人们对风花雪月的大自然的亲近感越来越疏远，对季感的淡漠、疏离是无须怀疑的事实。如果俳句对此视而不见，依旧迷恋于一成不变的传统，只能是死抱僵化的形骸，变成无病呻吟的自恋。这就涉及对俳句本质的认识问题，没有季题的俳句是否就没有美感，是否就没有诗歌特性；季语是否就是俳句美学原则的必备标准之一。如果无季俳句也具有诗歌美学，那么对俳句的本质以及形式结构也必须进行重新认识。因为俳句的美感不仅来自大自然的风物景色，社会上许许多多没有季感的现象也会产生美感，也可以用俳句这种形式表现出来。这是对季语核心论的反叛，也可以说是思想的进步，以为季语核心论是对自由诗歌精神的扼杀。新兴俳句运动、无季俳句、连作俳句、自由律、社会性俳句、前卫俳句等许多流派和形式，向传统俳句发出挑战，形成异彩纷呈的局面。

现在日本的俳句界虽然有季语、无季语并存，但主流依然是有季语。俳句在季语与超季语的界限问题上进行的争论已经偃旗息鼓，大家和平共处，在基本平静的状态中发生悄然变化，这包括对季感、季题、季语观念的重新认识。

俳句作为世界独特的短诗形式，表现日本人民在其美丽的自然环境中生活所产生的心灵感受，已经成为日本民族文化的精华。传统俳句，始终坚持不可缺少的三大要素：十七音、切字、季语。这是俳句成立的条件，是俳句的格律。十七音是发句的固有格式；切字是为了使发句的形态完整和谐，以便和平句相区别；季语是向读者表示符合时令的问候。季语，也称季题，表现季节感的语言。传统俳句在一句中需要一个季语，以表示作品的时间、色彩、气氛等，从而起到形成整体情趣的作用，体现俳句的美学性。包括季节、天文、人事、宗教、动物、植物等内容，数量庞大，编纂有许多岁时记等季语书籍。这是欣赏传统俳句不可或缺的形式要素。

传统俳句，一般很少表现政治、社会等重大课题，大多抒发个人对自然、生活的体验感受，是一种个体情绪的表达。这样的小诗只能以短小精悍、凝练余韵为其特色。读者可以从俳句的写生、语言、象征、比喻、声调、节奏、断句、破调、定型、字余、季语、格助词、叠字、叠句、双关语、结句等创作手法中感受其中的妙趣。诗贵含蓄，诗越短越难写。佳句以富有密度的语言进行创作，具有强烈的风土性和艺术性。

对于传统俳句来说，有必要从人与自然的关系来解释季题，而写生的方法是架设通过季题表现的自然生命与作者自身生命融合的桥梁，因此写生不能破坏格律，必须产生把大自然的生命体现于季题感觉的效果。

俳句译介到中国，一般认为始于“五四”时期，现在难以查考。二十世纪的三十年代和五十年代，有人翻译过少量的俳句，但没有什么影响。

二十世纪七十年代后期，我国学者开始重视和歌、俳句的翻译，并见诸报刊。随着日本俳人与中国诗人的交流不断增加，越来越多的中国人开始了解俳句，译作不仅数量大增，而且质量提高、形式多样。

关于翻译的形式，一九七九年，我国学者曾就和歌、俳句的翻译形式问题展开过一场争鸣，其焦点主要是采取什么样的翻译形式才能比较完美地体现俳句的本质。大家各抒己见，提出种种见解，这对更准确地理解俳句、提高翻译质量无疑起到很好的推动作用。

俳句（和歌）难译，诗无定译。但经过许多译者的不断探索和实践，根据自己对原作的理解，进行各种尝试，取得不少有益的经验。归纳起来，汉译形式大致有“唐诗宋词式”、口语式、五（七）言两句式、五（七）言绝句式以及按照原诗的五七五句式等。

日语的复音语节与汉语的单音语节的差异，成为俳句汉译的一大难题，使得译文与原诗难以保持形式的一致。如增字不当势必破坏俳句含蓄蕴藉、意在言外的真味，没有留给读者品尝咀嚼的余地，把话说尽，情浅脉露，实成蛇足。二者难以得兼时，只好舍形式取意韵。就是说，俳句所追求崇尚的余韵意境比形式更为重要。

我认为，汉译俳句，一般宜用“唐诗宋词”的形式。这里说的“唐诗宋词式”只是借用，并非严格意义上的格律诗词，是指根据俳句原意选择适当的翻译形式，不拘泥于一种形式，可用两句、三句、四句，甚至一句；每句不拘字数，一般不超过七个字，但特殊情况也可突破；每句字数可一致，也可采用不一致的长短句。这种形式注重内容，比较自由，能够凝练地贴近原作的内涵，其不尽如人意处在于多是与原文不相一致的形式。

至于遣词造句、文白相兼的问题，则宜根据原诗而定，体现其格调神韵。我国的古典诗歌译成外国文字，日文借用汉字，译出来要比其他文字更接近原诗，即使如此，原诗的字数、平仄、对仗、押韵、双关语、节奏、语言音乐感等也无法体现出来。同样，作为日本民族文学形式的俳句，其语体特征产生于日本文化的土壤，具有独特的表现手法，往往在汉语里很难找到适当的对应词。

诗是语言的超常结构。诗歌，尤其古典诗歌的翻译，归根结底是两种文化的差异，要做到形式与内容的高度和谐统一是至难之事，甚至几乎不可能。文化的翻译往往必须超越体现在不同语言里的不同历史背景、自然感觉、宗教信仰、生活感受、风俗习惯等障碍，必须在语言里寻求到恰当的曲折后才能完成，是一次“再创作”的过程。诗歌作为异质文化在语言上最典型的反映，它的翻译是通过对文化的异同性进行综合的协调，克服两种语言的对峙、差异、变换、怀疑等纠葛，尽量缩短双方的距离，创造出一个具有折射性的新的感受性世界。在这儿，不得已存在的某种程度的违和感是容许的。因此，无论多么优秀的译文，自然都浸透着译者的文化心态和审美体验，都是“变形”的，不可能与原文“等价交换”，更不可能以一个民族的诗歌格律硬套另一个民族的传统诗歌，只能力求最大限度的“近似”。如果碰到无可逾越的独特的异质文化墙壁，这时的翻译是不可能的。

神似才是翻译的化境，才是翻译的最高境界。一篇译文的质量高低，不妨用这个标准去衡量。尤其诗歌的翻译，重节奏、讲含蓄、尚简洁、崇气韵，灵活性就更大一些。总之，我认为，俳句的翻译应该坚持“形式为内容服务”“再创作”“意准神似”的原则，这样才能做到形神兼备。至于形式，其实无须一统的天下，百花齐放、百家争鸣才是真正的繁荣。

本书的读者恐怕多半不懂日语，这就涉及中国人的鉴赏习惯与日本人的审美情趣的差异导致在很大程度上影响着对俳句的美感理解的问题。但俳句既然是诗歌，就具有诗歌的共性，神韵是诗歌的灵魂，外在性以及语言的雅俗、格律、节奏等都是为诗之精神服务的。把握诗歌的这个共通点，就能理解、欣赏俳句的生命内涵。

本套书题名为“风雅俳句”，乃取芭蕉对俳谐的定位。他认为俳谐是“风雅之道”，风雅是日本文学的传统理念，“道”是日本平安时代以后所有艺术的根本精神。从这个意义上说，芭蕉对俳谐的认识依然以传统的艺术理念作为基础，认为它与和歌、连歌在本质上具有相同的价值。在俳谐之道中导入风雅，“风雅”是芭蕉对俳谐的代名词，其所追求的“风雅之诚”成为俳谐文学的精髓。

俳句在其几百年的发展过程中，由于社会的衍变和外来文化的影响，其外在形式、表现内容、创作方法以及理论都发生过重大的变化。本书所收录的是近代以前的传统俳句名作，编排方式依春夏秋冬类别，不分题材，以人为序，人以年次，作者第一次出现时附以简介，我认为这样可以更原本地理解俳句的真实内在性。

本书的编写参考了大冈信《四季之歌》、尾形仂《俳句解释与鉴赏事典》、今荣藏等《芭蕉入门》、鹰羽狩行《怎样欣赏俳句》等诸多有关书籍。本书曾由其他出版社出版，此次承蒙现代出版社的朱文婷女士的诚挚相邀，予以增添修改，并配以适当图片，由该社出版，谨致以衷心的感谢。鉴于编者水平，难免舛误，敬请方家指正。

郑民钦

2019 年 1 月改定

目录

山崎宗鉴

ぬすびとを捕へて見ればわが子なり

抓住偷窃贼，
原来是儿子。

山崎宗鉴（1465—1553）

室町时代后期的连歌师。本名志那范重，出家后隐居于京都山崎尼之崎，因而得名。晚年在赞岐观音寺结一夜庵。提倡以口语俗语作讽刺揶揄，句作大致分为嘲世的滑稽诙谐之作和安贫之作。

☆赏析

宗鉴在创作连歌之余，兴之所至，也创作这种谐谑诙谐的“打油诗”。他编撰《犬筑波集》，其书名就是和宗祇的固守连歌传统的《新撰菟玖波集》针锋相对，从中可以看出俳谐的诞生本身是对正统连歌的背叛和挑战。他具有反世俗的精神，摆脱传统格式的羁绊，以朴实直率的手法、滑稽甚至不惜流于卑俗的内容表现庶民的日常生活，这种机智的游戏性和题材的庶民性体现出一种尊重自我感觉的态度。语言平淡，不注重技巧和辞藻，其目的就是追求一种表达庶民感情的形式。

萌芽期的俳谐多是庸俗戏谑之作，没有赋予俳谐真正的文学生命，只是以游戏性的态度表明对传统的反叛，反而暴露出自己的粗鄙猥琐。如“十月寒风号，吹过破拉门”“痈疖痛难忍，杜鹃大声哭”“摘取狗樱花，胫部被狗咬”。

荒木田守武

落花枝に帰ると見れば胡蝶かな

疑是落花返枝头，
一看原来是蝴蝶。

荒木田守武（1473—1549）

连歌作者，俳人。天文九年（1540）完成《俳谐之连歌独吟千句》（又称《守武千句》），把俳谐从连歌中分离出来，制定俳谐格式，发句由五七五共三句十七音组成，句中须含季语。这意味着俳谐形式的确立，从而为俳谐以与连歌同等价值的观念上获得发展奠定了基础，为后来俳谐的真正独立产生决定性的影响。从这一点来说，他是俳谐摇篮时代真正的开拓者。守武与宗鉴被尊为“俳谐的鼻祖”，但守武的俳谐风格远比宗鉴文雅。

＊**季语**　蝴蝶

＊**赏析**

樱花随风飘落，忽然发现有一瓣落英似乎回到枝头上。仔细一看，才知道是眼睛的错觉，原来是一只蝴蝶飞来停在上面。句意出自谣曲《八岛》中的“落花不返枝，破镜不再照”。

明治维新以后到日本来工作的英国人最先把俳句译介到欧美。意象派主将埃兹拉·庞德于 1913 年创作那首著名的《地铁车站》：“人群中这些脸庞的隐现，湿漉漉、黑黝黝的树枝上的花瓣。”他的这首诗起初是三十行，但是受到守武的这首俳句意境的感悟，发现通过意象重叠把瞬间理智与情感的复合形成一个意象的手法，正好与俳句的精神相吻合，于是经过两次删改，最后成为仅有两行的“俳句式的诗”。庞德的这首诗被称为第一首英语俳句的作品，至今还是北美俳人经常谈论的话题。

荒木田守武

青柳(あおやぎ)の眉(まゆ)かく岸(きし)の額(ひたい)かな

黛描柳眉绿，
水岸似额头。

* 季语　青柳

* 赏析

此句写春天来临河边，柳树发芽的优美景色。使用拟人手法，以美女喻景，岸边的垂柳萌出浅绿的嫩芽，犹如随风摇曳的青柳在岸边凸出的地方（额头）画眉。“柳眉”“眉绿”都是借用中国诗语。古代妇女用黛螺描眉，其色青绿，称“眉绿”。如庾信《春赋》:“眉将柳而争绿，面共桃而竞红。”韦庄《谒金门》:“闲抱琵琶寻旧曲，远山眉黛绿。”把向水里凸出的岸比喻为人的额头。作者的比喻奇特，意在使用“岸似额头”和“春似眉绿”的双重比喻制造出人意表的效果。作品尚带和歌风格。

荒木田守武

飛梅やかるがるしくも神の春

飞梅轻飘天神春。

*季语　春

*赏析

这是《守武千句》卷头的发句。《守武千句》是一部具有纪念性意义的作品，它把历来视为连歌余兴的俳谐独立成为新的文艺形式，使守武成为俳谐之祖。此句后面的胁句是“满眼乌鸦和黄莺”。“飞梅”引用菅原道真的典故，传说菅原道真左迁太宰府，离家时吟咏和歌“东风吹拂自芳馨，梅花无主应忘春”，梅树一夜之间追随主人从京都飞往筑紫。守武的发句是描写太宰府天满宫神社前的春景，表面上祝福天神，其实日语的“神”和“纸”的发音相同，作者在这里把“神”看得如“纸”一样“轻飘飘”，这就包含对神的不敬之意。胁句的意思是说春日融融的神社前聚集许多人，连乌鸦和黄莺也来凑热闹。“黄莺”与“梅花”是搭配的，问题是“乌鸦”的出现，大有不敬的味道，这在连歌里是不可想象的。这就是俳谐不同于连歌之处，说明守武突破连歌的思维方式，呈现出俳谐的独特性格。后来芭蕉据此论及俳谐的本质，“（先师）云，春雨柳丝乃连歌也，田螺乌鸦乃俳谐也”（向井去来《三册子》)。从中也可以看出守武的俳谐已经包含后来贞门（即松永贞德创立的贞门派）提出的俳言等俳谐的要素。

松永贞德

ゆきつくす江南の春の光哉

行尽江南雪已融，
满眼春光好旖旎。

松永贞德（1571—1653）

京都人，年轻时曾任丰臣秀吉的录事。庆长五年（1600）后，在京都创办私塾，大力倡导、开展和歌与俳谐活动，网罗人才，创立贞门派，成为贞门之主。宽永十年（1633），其门下松江重赖出版《犬子集》，从此声名远播，贞门派的势力也从京都发展到全国，执俳坛之牛耳。
贞德的历史功绩在于运用连歌形式制定俳谐的格律，把俳谐提高到与和歌、连歌同样的文学地位，从而使他成为俳谐的中兴之祖。其主要表现形式是使用与连歌的雅言相对应的俳言，以此从连歌中独立出俳谐。三十多年间，他直接、间接地培养数千名门生，贞门派一统全国俳坛几乎达半个世纪，把俳谐普及、推广到民众中。

* **季语**　春

* **赏析**

放眼望去，到处都是春雪融化的旖旎风光，江南景色多么美好哇。诗意平白，脱胎于中国晚唐诗人杜常的《华清宫》:“行尽江南数十程，晓星残月入华清。朝元阁上西风急，都入长杨作雨声。”中国的“江南”指长江以南，当时日本一般指近江国爱知川以南，有人认为此句指淀川、宇治川或者琵琶湖南端。作为俳谐，作者使用“ゆきつくす”这个双关语（日语中“行”与“雪”谐音），既可理解为“行尽”，也可理解为“雪尽”，显示贞门运用语言技巧的巧妙。只有了解原诗，才能体会这首俳谐的情趣。这也是贞门派努力普及古典知识的目的。

西山宗因

さればここに談林（だんりん）の木（き）あり梅花（うめのはな）

此处谈林木，
梅花开烂漫。

西山宗因（1605—1682）

先学连歌，曾任大阪天满宫连歌所宗师。同时又涉足俳坛，创立谈林派。谈林派俳人以大阪的町人为主，主张创作即兴诙谐的俳谐，不避讳使用俗语和民间谣曲，废除传统俳谐的清规戒律，推动俳谐的革新。

* 季语　梅花

* 赏析

延宝五年（1677），宗因应江户谈林派的邀请到江户，这是为其编撰的《谈林十百韵》卷首吟咏的发句。“谈林”也为“檀林”，即旃檀，相传为印度摩耶山的香木，常用于佛寺名称，亦为僧侣修行之地。宗因借此意喻为俳谐修行之地，即江户诞生了新的俳谐。“木”当指“梅花”，与下文的“梅花”相呼应，既指春天的来临，又寓意谈林派俳谐的兴旺发展。这是宗因的流派被称为“谈林派”的里程碑式的作品。

谈林派的最大历史功绩是把俳谐完全向民众开放，以清新轻妙的风格表现民众的情感，使俳谐创作融于百姓的日常生活之中，为俳谐成为真正的民众诗歌奠定深厚基础。

芭蕉的“蕉风俳谐”之前，存在着松永贞德的“贞门派”和西山宗因的“谈林派”，虽然多是文字游戏，缺少文学性，但芭蕉向他们学习，对“蕉风俳谐”的形成产生一定的作用。

安原贞室

これはこれはとばかり花(はな)の吉野山(よしのやま)

“哎呀”连声赞，
花满吉野山。

安原贞室（1610—1673）

江户时代前期俳谐师。师事松永贞德，后自称“贞德二世”。其编撰的《玉海集》为贞门的代表性句集之一。

* 季语　花

* 赏析

这是贞室最脍炙人口的一首俳句。“花”自然指的是樱花。吉野山在奈良吉野郡，樱花烂漫，风光优美，是著名的赏樱胜地。句中以连声赞叹的形式表现对樱花如海的美妙时节的惊奇和衷心赞美，连形容樱花美丽的语言都说不出来，只有连续的感叹声。感情率真，不假修饰。句风简洁平易。

松尾芭蕉在《笈之小文》中谈及自己在吉野山赏樱花时写道“吉野赏花三日，流连于晨昏景色。晓月悬空，皓洁幽眇，不禁心潮澎湃。……思贞室之‘哎呀连声赞’，即兴率真，直抒胸臆。余拙于言辞，不得成吟”。

池西言水

菜の花や淀も桂も忘れ水

菜花一片黄，
淀、桂断续细流长，
隐入花间藏。

池西言水（1650—1722）

谈林派的重要俳人。延宝后期江户俳坛的重镇，天和二年（1682）移居京都后，成为京都俳坛的主流，元禄时代（1688—1703）的六大名家之一。他和芭蕉等摸索俳谐发展的新方向，创作注重听觉形象、富于机智，擅长用典，语言精巧，充满妖艳幻想的感性，具有唯美色彩，显示蕉风萌芽时期的风格，但始终未能完全摆脱谈林派的戏谑趣味。

* 季语　菜花

* 赏析

作者从京都东山眺望春色，满眼是一片嫩黄的菜花。平时泛着白光的白练般的淀川、桂川两条大河被菜花遮住，变成隐约可见的断续细流，仿佛隐藏在花草之中，逐渐消失。从高处鸟瞰景色，大江大河在辽阔的原野里也变得如涓涓细流，仿佛藏在菜花的茂密深处。此句以小见大，气势豪壮。

“忘れ水”意为在原野上断断续续流淌的水流，往往不会引人注意，似乎被人遗忘。此句描写淀川岸边的春景。满眼金黄的菜花，这是一幅色彩鲜艳的立体景象，令人震撼，而淀川、桂川两条河在这辽阔的彩色中也黯然失色，如同隐入花间的细流“忘水”一样无人关注。

池西言水

鯉（こい）はねて水静（みずしづ）か也郭公（なりほととぎす）

鲤鱼跳水静，

恰闻杜鹃鸣。

*季语　杜鹃

*赏析

这是言水的发句，是现实景象的写生。言水自注云："此间欲闻一声杜鹃啼鸣，久等未成，却闻鲤鱼跳水之声，更觉岑寂宁静之时，杜鹃鸣叫。其句境实如鸢天鱼跃。"独自站立在乡间，本想一听杜鹃的叫声，却一直没有听到。不意忽然鲤鱼跳水，扑通一声过后，水面归于平静。这时，听见杜鹃的鸣叫声。

"静"是此句的诗眼，引导读者进入艺术世界。水面、鲤鱼、杜鹃三者营造出立体的声音结构。静是无声，鲤鱼跳水的声音、杜鹃的鸣叫声都是有声，有声与无声共存于句中，形成强烈的对应。有声破坏无声，但水面终归无声的平静，三者通过不和谐达到和谐的平衡，作者对大自然的美妙深为感动。

此句令人想到芭蕉的名句"古池呀，青蛙跳入水声响"（林林译）。言水是谈林派的主要俳人，在芭蕉成名之前就与其交往，向社会介绍芭蕉的作品。此句创作于谈林派俳谐鼎盛时期的1678年，似比芭蕉的要早。

池西言水

猫逃げて梅ゆすりけり朧月

猫逃梅枝摇，
春夜月朦胧。

*季语　梅枝

*赏析

猫被什么东西吓了一跳，一下子逃离梅树，小树枝摇晃，朦胧春月静静地挂在树梢上。作品通过梅枝和朦胧春月的对应，静与动的观照，营造出春宵宁静、令人陶醉的氛围，描画市井生活的情调，有一种妖艳的唯美情趣。

《出云美保关的早上》川濑巴水

松尾芭蕉

うめしろ　きのつるぬすま

梅白し昨日ふや鶴を盗れし

白梅花娇娆，
不见仙鹤步林间，
莫非昨被盗？

松尾芭蕉（1644—1694）

以毕生精力将追求诙谐、大众化的贞门、谈林初期俳谐提高到真正的纯文学高度，孜孜不倦地追求俳谐在更高更深层次上的艺术性，引领俳谐进入文学艺术的殿堂，形成以《芭蕉七部集》为代表的蕉门风格，并创立俳论，开创了俳句的黄金时代，成为近世诗的代表。他的作品所提供的典范作用至今还没有被人逾越，被日本人民尊为“俳圣”。还著有纪行文集《奥州小道》等。

*季语　梅

*赏析

芭蕉在《野曝纪行》说道:“往京都，访三井秋风之鸣泷山庄。”此句是他住在山庄里有感而发。三井秋风是京都富豪，谈林派末期的著名俳人。在京都西北郊外的鸣泷建有别墅花林园，园内种植有梅花，淡雅清香，芭蕉从白梅联想到中国宋朝林和靖隐居孤山的梅妻鹤子的故事。可是园中无鹤，于是他发出“莫非昨晚鹤被盗走”的疑问。在这里，芭蕉将三井秋风比喻为林和靖，以为他具有崇尚风雅的隐逸精神。此句虽有应酬成分，却流露出芭蕉逃避俗世、回归自然的思想。

松尾芭蕉

四方（しほう）より花（はな）吹（ふ）き入（い）れる鳰（にほ）の波（なみ）

落樱吹四方，
琵琶湖面花波漾，
堂前好风光。

* 季语　樱花

* 赏析

洒落堂是芭蕉门人滨田珍夕所建的草庵，位于滋贺县大津市，琵琶湖南端的西岸。元禄三年（1690），在幻住庵养病的芭蕉偕弟子来此访问，作《洒落堂记》，盛赞草庵，文末作此句。

正是春光浪漫的美好季节，琵琶湖畔樱花盛开，忽有一阵风吹来，落英缤纷，花瓣撒落在湖面上，随着涟漪轻轻荡漾。

洒落堂四周青山绿水，环境优美，“斜看比睿山之比良峰，后面矗立音羽山、石山”，面对琵琶湖。据说主人滨田深刻理解芭蕉俳谐的“轻妙”风格，草庵也体现这样的格调。芭蕉说“山静以养性，水动以慰情”，而此庵“在动静之间得其所”，在此可以“目尽佳景，口吟风雅，激浊扬清，洒落旷达”。

松尾芭蕉

古池や蛙飛び込む水の音

古池呀，
青蛙跳入水声响。
（林林译）

☆季语　青蛙

☆赏析

这是脍炙人口的名句。此句采用的翻译家、学者林林的经典译本。草庵近旁有一古池，暮春时节，听见一只青蛙跳进古池里发出的水声。幽深的古池、平静的水面、寂静的环境，忽然传来扑通一声水响，原来是一只青蛙跳进池塘里，响声过后，四周归于宁静，显得更加深邃。

自然现象的表达十分平淡，却包含着蕉风的本质要素，是芭蕉俳谐理念的典型集中。古池、青蛙跃入水、水声，所吟咏的命题本身就内蕴着极其丰富的变幻的可能性。三者的微妙配合呼应给读者留下钟声般余韵袅绕的无穷回味的余地。一个“古”字，意味着世事的沧桑、时间的苍老。池水是静止的，这静止之中蕴含着千变万化的运动。“古池”二字表现出古老的宁静，可以说是亘古的静寂，具有幽深神秘感的时空的凝固。青蛙跃入水中是一个媒介的手段。“古池”是“过去”的凝结，具有幽深的神秘；“青蛙入水”是“现在”的活动，具有蓬勃的活力，二者在这里相撞。水声扑通一响，是时空撞击的声音。这一声是这首俳谐的“诗眼”，打破了静谧的世界，打破了千古的沉默，大自然的生命律动仿佛在这一声水响中涌动回荡，大自然的声音渗到作者的心灵之中，两相交融，彼此呼应，营造出一种“幽幻”的深邃意境。

芭蕉曾倾倒于禅宗哲学，经常在作品里通过一些小事物的描写揭示深藏其中的清寂纯净、平淡无为的禅宗世界的哲理，也从而营造出玄妙幽深的独特诗境。蕉风的根本理念是幽雅枯寂，构成一种枯淡闲寂、清绮典丽交织错叠的美的意境。

这幽幻的色彩是闲寂，闲寂的归结是无常。宁静中的一声水响宛若空寂世界里的一声钟鸣，幽思无穷，万物皆空，使俳谐的闲寂带上明显的禅寂情调。青蛙入水的声音被幻化成从无声到有声再回归无声过程中非现实的不可或缺的因素，当然这后来的无声已不是先前的无声，有着本质的不同，大自然和人的心灵已经冲破沉积，宛若空寂世界里的一声钟鸣，带着幽幻色彩的闲寂令人们幽思无穷，超然物外。

芭蕉在创作这首俳谐之前，佛顶和尚去访问他。佛顶问："最近如何度日？"芭蕉回答："雨过青苔湿。"佛顶又问："青苔未生之时，佛法如何？"芭蕉答曰："青蛙跳入水里的声音。"(《铃木大拙全集·第十一卷》)

因此，"古池""青蛙跃水""声响"都是禅宗里时、空、虚、无的象征。"古池"是没有时间的冥想，在"青蛙跃水"的导引下，发出激发生命跃动的"声响"，层层荡漾，抵达永恒的彼岸。在这刹那间，古和今、动与静、有机物与无机物、形态与动作都化入"无"的世界。归于无声显然是作者禅意的体现，一声水响过后，一切又化入“无”的世界。

此句中既有我也无我，作者在与客观对象融为一体的同时，也已经遁入禅寂空境。这样的创作说明芭蕉吟自然而契入自然，以凝练的闲寂情调使俳谐达到纯艺术化的境界。应该说，芭蕉俳谐世界的“寂”是中世纪文艺审美理念在近世的回归。

松尾芭蕉

花(はな)の雲鐘(くもかね)は上野(うえの)か浅草(あさくさ)か

樱花如绯云，
遥闻钟声悠长鸣。
上野或浅草？

* 季语　花云

* 赏析

正是樱花烂漫的时节，芭蕉在深川的草庵听见悠扬的钟声，心想这是上野寺院还是浅草寺院的钟声呢?

对于“花云”有两种解释：一种认为是樱花时节天空多云的日子，但绝大多数认为是芭蕉以云彩比喻盛开的樱花，美丽的樱花如绯红的云彩般连成一片，绚丽鲜艳。还有人认为当时的樱花并非现在普遍的染井吉野品种，而是山樱。上野有东睿山宽永寺，浅草有浅草寺，两寺距离深川芭蕉庵大致相同。芭蕉听着寺院传来的钟声，眼前浮现出春风骀荡、樱花烂漫、观者如潮的繁荣景象，也是当时江户社会的写照，同时反映出作者闲静的心态。

芭蕉吟咏梅花的作品较多，这是他吟咏樱花的名句，也是芭蕉俳谐的杰作之一。

芭蕉吟咏浅草樱花的作品还有“遥望观音寺上甍，樱花如云绚烂开”等。

松尾芭蕉

梅(うめ)が香(か)にのつと日(ひ)の出(で)る山路(やまじ)かな

山路淡淡飘梅香，
太阳忽地升起来。

* 季语　梅

* 赏析

芭蕉晚年提倡“轻妙”，《炭俵》里的连句可以说是蕉风连句完美的体现。这是著名的连句《梅香之卷》的发句。一个旅人在早春拂晓的山路行走，嫩寒袭人，逐渐闻到一缕淡淡的梅花清香，接着，一轮红日忽然从前面的山峦背后跳上来。梅香的嗅觉是对春天的意识，太阳的升起似乎也为了嗅闻花香。

芭蕉此句的“忽地”是俗语。这个时期，使用俗语、俚语、流行语是一种风潮，但因为被滥用，结果适得其反。因此，芭蕉努力使俗语不俗，纯化、升华为运用于诗歌艺术世界的诗语。此句的“忽地”用得恰到好处，成为“诗眼”。向井去来说：“其角一日曰，今观同门之辈羡先师之变风，仿‘山路淡淡飘梅香，太阳忽地升起来’，亦云‘冷不丁’‘猛然’者。师之‘忽地’乃为诚，一句之主也。门人之‘冷不丁’‘猛然’实难望其项背。晋子不学也。”（《旅寝论》）

蕉风连句超越了流堕于以“俳言”和语言游戏为特色的旧连句，获得重视诗歌想象力功能的“文体”，每一句的接续都根据对“余情”“轻妙”的理解与判断而产生，在形象的具象性上具有印象鲜明的余韵。芭蕉没有完全入俗，生活在俗世，但有意远避喧嚣的世俗，不仅现实生活，尤其在诗歌精神方面与俗世保持一定的距离。既以冷静理智的态度凝视社会，又接近日常生活性，对世相含带一种批判态度。蕉风连句以题材的日常性和表现的具象性、平淡性追求轻妙意境，即所谓“通俗平淡”的世界。

《神户的宵月》桥口五叶

服部岚雪

梅一輪一輪ほどの暖かさ

寒梅开一朵，
一朵一分暖。

服部岚雪（1654—1707）

蕉门中仅次于其角的长老，武士。元禄元年（1687）开始接连出版《岁旦》《若水》《其袋》《或时集》等，与其角并称“蕉门双璧”，芭蕉说，“草庵有桃花、樱花，门人有其角、岚雪”，视他们为自己最得意的弟子。后来虽然与芭蕉的“轻妙”俳论意见不合，但仍然极其尊重芭蕉，真诚之心始终不渝。于元禄八年（1695）剃发，悉心修禅，对俳谐不即不离，但门人众多，自成雪门一派。句风情感真挚，静谧稳重，温厚笃实，且时常纤细多感。

⁎ **季语**　寒梅

⁎ **赏析**

此为岚雪脍炙人口的名句。题为《寒梅》。关于此句的季节感，有寒冬和早春两种意见。岚雪殁后，旨原编撰其句集《玄峰集》时将此句收入“春之部”。

春寒料峭时节，梅花才绽开一朵，但从这一朵梅花中感觉到些许暖意。虽然只是一朵梅花，却透露出这一分的温暖。“暖”，并非身体的实际感觉，而是从一朵寒梅的绽放中感受到春天即将来临的些微暖意，这是一种心灵的感应。

也有人把此句的意思理解为：随着梅花一朵朵的开放，令人感觉到春意的温暖。

现在日本人说“花”，一般指的是樱花。但是，在奈良时代，“花”一般指梅花，而且是白梅，在平安时代，则指红梅。日本的梅花似由遣唐使从中国带回。

服部嵐雪

不産女の雛かしづくぞ哀れなる

石女独自摆偶人，
见之令人心感伤。

*季语　偶人

*赏析

“偶人”，指日本三月三日的女儿节，在家里陈列偶人，上供甜米酒和桃花等，也称桃花节。婚后多年未育的妇女在女儿节时独自摆放偶人，见之不由得令人伤心。一般地说，女性婚后都想生儿育女，在当时的社会里，妇女有“三从七戒”之训，其中一条就是“嫁三年无子则去”，所以无后则为封建家庭所不容，女性本身也非常自卑，觉得抬不起头来。作者体察这样的妇女的心情。

小西来山

しらうお　うご　みず　いろ
白魚やさながら動く水の色

银鱼自在游，
仿若水色动。

小西来山（1654—1716）

谈林派的重要成员，元禄时代的名家。主张俳谐使用“日常之词”，即《古今集》的“徒言歌”，就是不借用比喻，平淡吟咏内心的深刻感受。这既是他的文学观，也是他的人生观、处世观。擅长人事句，具有都市情趣。

* 季语　银鱼

* 赏析

银鱼透明，近于无色。开春时银鱼从大海游到河口产卵，人捕而食之。作者凝视着银鱼在水中自由自在地游来游去，犹如水本身在荡漾，银鱼是透明的，它的游动融入水里，犹如无色的水的“颜色”本身在动荡，这就一下子捕捉住银鱼之美的本质，表现出敏锐新颖的观察力和细腻的色彩感。同样，另一句“春雨迷离，牛眼里”，春雨如丝，落进牛的大眼睛里，也富有感觉美，表现作者体物纤细准确。

此句是俳谐的发句。他与芭蕉同代人，他的不少俳句已经达到蕉风的境界，即从单纯的语言游戏开始思考表现“事物本身”。这里的观察对象是“银鱼”，但是把它放在包括早春、流水、浅滩、山峦、残雪、日光、芦苇等大自然背景下加以把握。那么，这“银鱼”无疑就是象征春天的生命。

服部土芳

かげろふほろほろ落つる岸の砂

阳炎袅袅升，
干沙簌簌落。

服部土芳（1657—1730）

江户时代前期俳人。一生致力于俳谐，推崇轻妙之风。芭蕉殁后，成为伊贺蕉门的核心。他编撰的《三册子》在理论上肯定蕉风的历史价值，准确地记录、解释芭蕉的俳论，是研究芭蕉不可或缺的著作。

* **季语** 阳炎

* **赏析**

在春日阳光照耀下，阳炎飘袅上升，土层表面干燥的细沙簌簌掉落。作者从整体上把握阳炎，然后把目光投向细微的干沙，捕捉这细小的无机物，形象地表现春天季节里万物的苏醒萌动。

他师从芭蕉，尤其推崇其轻妙之风，自己的作品也是如此。如“流萤光散梧桐叶”，萤火虫停在梧桐树宽大的绿叶上，柔和的亮光晕出一个轮廓，从叶子背面看去，形成一种朦胧的感觉。

榎本其角

日の春をさすがに鶴の歩み哉

鹤步不愧元日春。

榎本其角（1661—1707）

江户时代前期的俳谐师，蕉门十哲第一人。曾编撰标志着芭蕉从谈林派向蕉风转变的著作《虚栗》，同时也确立了自己在俳坛的地位。在追悼芭蕉句集《枯尾花》中以门人代表撰写《芭蕉翁终焉记》，名噪一时。后逐渐摆脱蕉风，形成具有自己独特的风格、以新兴都市江户的文化为背景的新的俳论，并进行创作实践。其作品具有都市人的审美意识，尤其表现江户人的机巧风流，善于华美的比喻、精巧的构思，所作人事题材的俳谐，多有深奥费解之句。

季语 元日春

赏析

此句为贞享三年（1686）岁旦吟咏的发句，芭蕉等连成百韵。其角名作之一。“元日春”是其角生造的词语，意为“元旦的朝阳”。元旦的朝阳温煦明亮，仙鹤悠然阔步，其态翩然飘逸，其神清朗高雅，与元旦这个佳日相得益彰。也有人理解此句是说元旦之晨如仙鹤般悠然恬静。芭蕉评此句云：“以鹤步为元旦的热闹增添恬静幽玄之气氛。贺意溢于言表，尤感其语言条理之出色，‘不愧’二字感触尤多。”（《初怀纸评注》）然而，志太野坡在《袖日记》中说，其实芭蕉对“元日春”并不满意，宜改为“立春”，大概讨厌其角卖弄技巧的生造词语吧。

榎本其角

鶯の身をさかさまに初音かな

雏莺头朝下，
春来初鸣啭。

*季语　莺

*赏析

此为其角名句，引发争论。许六道：“此句之题材为世所难得，晋子（指其角）发现雏莺倒啼之慧眼实乃近年秀逸之作。”（《篇突》）向井去来说：“其角之句乃暖春黄莺乱啼。让雏莺头朝下鸣叫实无情趣。‘初’字令人费解。作品首先必须知其本意，否则只会被珍物奇言夺其心，而失其情。其角虽老练机巧，亦时多错误。”（《去来抄》）认为既然是初啭，那必定是雏莺。而幼小的黄莺不可能像耍杂技那样头朝下鸣叫。他的出发点是朴素的写实主义自然观。

其实，此句的着眼点不在于出生不久的雏莺是否头朝下鸣叫，不在乎这是否客观事实，而应该看到作者心象的表达，艺术并非客观现象的单纯模仿，初春时节听到婉转清脆的莺啼，即使所描述的黄莺的姿态与现实情况不符，也不会影响作者表达激动的心情。对这种摆脱客观写生的手法历来看法不一，这就是其角不同于蕉风的独特风格。

榎本其角

春の夜の女とは我がむすめかな

春夜酩酊乘轿归，
竟觉女儿成女人。

*赏析

选自《五元集》。题记云“远游醉归于轿中”。其角生活放荡，生性不羁，写有“欢乐赏樱花，酒为妻子妻为妾”这样的俳句。风格与其师芭蕉截然相反。他和自己的女儿一起远出，大醉乘轿而归。突然觉得还是少女年龄的女儿变成一个“女人”，自己都不由得大吃一惊。此句描写父亲感情的复杂性，含带色情，是吟咏春夜的作品。

《东京十二景之上野清水堂试折》川濑巴水

上岛鬼贯

花(はな)散(ち)りてまたしづかなり園城寺(えんじょうじ)

樱花凋谢后，
园城寺里又宁静。

上岛鬼贯（1661—1738）

江户时代前期的俳人。曾先后入贞门松江重赖、谈林派西山宗因门下。他在《独言》中提出俳谐创作的重要理论，主张“诚之外无俳谐”。即创作俳谐应该发自内心的真诚，追求意境，不应仅仅雕琢华丽的形式和语言。他的“诚之外无俳谐”和芭蕉的“风雅之诚”“幽玄”有共通之处，在俳谐的革新初期产生一定的影响，但未能在实践中充分发挥，没有达到芭蕉那样的文学高度。其句风率直平易、淡泊洒脱，多使用口语俗语，喜欢会话式的语调。

* **季语**　樱花

* **赏析**

园城寺是大津市的天台宗总寺。樱花盛开时节，人们前来赏花，熙熙攘攘，一旦花落人去，又恢复原先的宁静。花开时节的喧闹与花落以后的寂静形成鲜明的对照，通过一个“又”字体现动与静的生命观照，这种言旨意远的平明句法深为与谢芜村、炭太祇所仰慕。芜村有“樱花凋谢后，寺院坐落在林间”的俳谐。

内藤丈草

大原や蝶の出て舞う朧月

おおはら　ちょう　で　ま　おぼろづき

大原月朦胧，
孤蝶来飞舞。

内藤丈草（1662—1704）

江户时代的俳人，蕉门十哲之一。曾为藩士，后出家，移居京都、近江。晚年专心抄写《法华经》以追善先师，并于元禄十六年（1703）建经冢。句风闲寂，多吟咏身边杂事，题材范围狭窄，创作是“乘兴而吟，兴尽而忘”，十分随意，但他一直坚持芭蕉闲寂的风格。

* 季语　蝶

* 赏析

此为丈草的代表作之一。大原是京都北郊的地名，有三千院、寂光院等寺院。作者春夜散步，忽然看见朦胧月色里一只白色的蝴蝶翩翩飞舞。这样的景色何等美丽，作者心情何等浪漫，怀有何等的幻想，于是想起古代建礼门院以及《平家物语》里种种悲凄的历史故事。在演出过许多历史悲剧的土地上发现朦胧月色下的飞蝶，也许这蝴蝶只是一个幻影，但作者仿佛追随那消失的梦幻，看见古人飘忽的幽灵，在幽玄妖丽的氛围里营造出浪漫的古典世界。

野泽凡兆

花散るや伽藍の枢落し行く

伽蓝正是落花时，
落下门闩僧人去。

野泽凡兆（?—1714）

元禄元年（1688）入芭蕉门下。曾与向井去来合编《猿蓑》，为蕉风的发展作出贡献。后逐渐离开芭蕉，元禄六年（1693）坐事入狱五年，出狱后重返俳坛，但已失去先前的风采。性格刚毅，具有强烈的个性。句风清秀鲜明。

*季语　落花

*赏析

寺院里樱花凋零的暮春时节，傍晚，僧人关闭大殿沉重的大门，落下门闩。那声音在寂静的寺院里显得格外响，樱花仿佛就是被这响声震落的，同时也衬托出僧人对花开花落的季节变化无动于衷的形态。

凡兆善于形象化地把握对象，以客观写生的手法表现事物，将喜怒哀乐之情深藏于作品之后。例如，“下京夜雨潇潇下，落在积雪上”，“下京”是京都的一个地名。这是典型的客观写生句，描绘出一幅宁静的京都寒冬雨夜的雪景。“樟树枯枝上，鹫巢映落日”，山间落日早，巨大的樟树枯枝上有一个鹫巢，在夕阳余晖里格外显眼。老树、鹫巢、落日的搭配营造出凄怆的氛围，但作者以平静的心情眺望这一幅图画。

野泽凡兆

木（き）のまたのあでやかなりし柳哉（やなぎかな）

艳丽见枝杈，
柳树萌嫩芽。

*季语　嫩柳

*赏析

选自《蕉门名家句集》。凡兆才华横溢，作品格调清新流利，《芭蕉七部集》中的高峰《猿蓑》收入他的俳句远比其前辈其角、去来多。这首俳句收在《猿蓑》十年以后出版的《荒小田》里。创作时间不详。入木三分地刻画柳树萌芽时的生机勃勃的娇媚景象，不愧俳句高手。

《春夜的清水》三木翠山

斯波园女

鼻紙の間にしをるるすみれかな

はながみ あい

擦鼻纸里夹堇花，
回到旅舍已枯萎。

斯波园女（1664—1726）

随其夫学俳谐，贞享五年（1688）入芭蕉门下。芭蕉曾有《一有之妻》赠送她：“门帘深处，幽雅北堂梅。”后削发为尼。性格豪爽磊落，句风朴直平淡，是蕉门最负盛名的女俳人。

*季语　堇花

*赏析

此句作于与丈夫从大阪至奈良过竹内街道的途中。翻越陡峭的竹内山峰时，春雨霏霏。作者从路旁摘一朵堇菜花夹在擦鼻涕的纸里，回到旅舍一看，已经枯萎。另有一句“廉纤春雨湿，花笠堇菜紫”。

加贺千代女

春雨（はるさめ）や土（つち）の笑（わら）ひも野（の）にあまり

春雨潇潇土地笑，
笑容盈盈荡原野。

加贺千代女（1703—1775）

江户时代中期的俳人。又称加贺之千代、千代尼。生于加贺的裱糊家庭。据说十八岁时嫁给金泽藩的足轻（最下层武士），生一子，不久丈夫、孩子皆亡。有人认为她此后终生未嫁。俳句师事蕉门十哲之一的各务支考。大概在五十一岁那年冬天削发为尼。其以理智风雅而合乎潮流的俳句，成为江户时代著名的女俳人。

*季语　春雨

*赏析

选自《千代尼句集》。“泥土笑”“荡原野”都是千锤百炼的用语，体现出江户时代俳人对语感的敏锐性。春天的季语有“山笑”，作者机智地转化为表现潇潇春雨中露出盈盈笑容的土地的表情，然后抓住这种笑容从眼前的土地向更加辽阔的原野荡漾扩展的无法抑制的势头。土地在温暖的春雨滋润下开始从冬眠中苏醒过来，呈现一派生机勃勃的景象，这一字的“笑”洋溢着原野泥土的芳香。此句表达生活在北国的千代女对春天的来临充满喜悦的心情。

炭太祇

ふり向けば灯とぼす関や夕霞

过得城关后，
回首初看灯火瘦，
天际晚霞秀。

炭太祇（1709—1771）

江户人。在与谢芜村成为夜半亭的核心以后，参加三果社的句会，开始致力于京都俳坛的新风俳谐。他的句风强调写实性，稳静内敛，擅长通过作品审视心灵波动，使纯朴的句境具有广度和深度。着眼于客体进行创作，以敏锐的感觉捕捉日常性的喜怒哀乐，在对生活的热爱中也透出细微的荫翳，表现“俗情”的市井趣味。尤其吟咏“人事句”，运用敏锐的感觉，别开生面，行走坐卧皆可成句，多姿多彩，成为中兴俳谐的代表性俳人。

* 季语　晚霞

* 赏析

日暮时分，旅人经过关卡的检查后，通过城门后继续上路。此时回头一看，只见城关上亮着数点灯火，在晚霞的映照下，闪烁着柔和的黄光。晚霞辉映的灯火，不是很明亮，却让风尘仆仆劳累的旅人感受温暖，仿佛有一种家的温馨，于是连对严厉把守城关的官吏也感到亲切。旅人对大自然的怀念尤为浓烈，一草一木都会勾起他们心灵的波动。太祇具有极其丰饶的感情，一盏淡淡的灯火都会点燃他无法抑制的思乡情怀。

炭太祇

耕すやむかし右京の土の艶
（たがや　うきょう　つち　つや）

古代右京地，
翻耕土闪亮。

***季语** 春耕

***赏析**

选自《太祇句选》。右京亦称西京、平城京，位于往昔的中央朱雀大路的西边，平安京的西半部。与繁华的左京相比，右京自古多有荒寂之地，在古代文学里被描写为达官贵人的隐居地，具有古都独特的荫翳。太祇此句正是基于这个背景，把“昔日右京土地的闪亮”与农耕联结在一起，实为高手之作。恐怕因为作者当时年过四十，又是住在京都的江户人，才能写出这样的佳作吧。

有井诸九

一雫こぼして延びる木の芽かな

春雨落一滴，
树芽涨一丝。

有井诸九（1714—1781）

江户时代中期的俳人。筑后人。入野坡门下。在其夫有井浮风殁后，削发为尼，行吟筑紫、奥州，晚年在故乡结湖白庵。

*季语　树芽

*赏析

春雨温柔地滴落在逐渐膨胀的树芽上，每落下一滴，嫩芽仿佛随之膨胀一丝。实际上，树芽正是这样成长的。句风清爽明快，这首俳句充分显示作者敏锐的感觉和准确的表现力。诸九是与著名的加贺千代女几乎生活在同一个时代的女俳人，生于筑后（福冈）。句风清爽明快，还有如“春去也，望海小乌鸦”等佳句。

与谢芜村

春(はる)の海(うみ)終日(ひめもす)のたりのたりかな

春之海，
竟日轻轻荡漾。

与谢芜村（1716—1783）

江户时代中期俳人、画家。其画与池大雅比肩。对汉诗文有很高造诣。他是天明时代俳谐中兴的代表，印象鲜妍的唯美浪漫句风与芭蕉的“优雅闲寂”形成鲜明的对照，具有近世诗歌新风，开拓了与芭蕉迥异的艺术世界，在俳谐史上的地位可以与芭蕉媲美。著有俳谐句文集《新花摘》、长诗《春风马堤曲》等。

*季语　春之海

*赏析

此句题为《须磨海面》。海面上春霞绮丽，水天一色，风平浪静，唯见轻波终日荡漾，令人感觉悠闲的淡愁。原文的“终日”念古音，在现代生活中是一个死语，但活在古典文学里，可见作者强调雅语意识在整体中的作用。“轻轻荡漾”的原文使用叠音副词“のたりのたり”，这个拟态语是作品的生命，用以充分表达春天波浪的形态，造成“轻轻荡来荡去”的视觉效果。荡漾的清波没有明确是海面的波浪还是拍打岸边的细浪，应该认为作者把捕捉的所有景象都凝聚在舒缓宁静的波浪里。这种以平淡的语言进行的抽象性表现，确切地把握到春天大海的本质。站在春日明媚阳光映照下的海边，望着周围的景色，一缕愁绪袭上心头。此为芜村名句。

与谢芜村

菜(な)の花(はな)や月(つき)は東(ひがし) に日(ひ)は西(にし)に

遍野菜花黄，
东有新月西夕阳。

*季语　菜花

*赏析

此句题为《春景》。这首俳句摄取天地运行中一个静止的瞬间的景象，东边是新月，西边是夕阳，中间是一望无际的金黄色的菜花。日月运行，动中有静，静中有动。这是一幅视野广阔的色彩鲜艳的绘画，月亮的白色、夕阳的殷红、菜花的金灿，笼罩着一片恬静的黄昏气氛，可谓诗中有画、画中有诗。这首作品大概受到陶渊明“白日沦西阿，素月出东岭。遥遥万里辉，荡荡空中景”的影响。

他的俳句流光溢彩，富有诗情画意，充满浪漫的象征美。如水月光下的静寂里荡漾着难以言状的幽玄清虚的余韵，舒展成一幅多姿多彩的梦幻世界，诗人的心灵融化在这华丽典雅甚至有时带着妖艳诡谲氛围的空间里，渗透着唯美的美学原则。

与谢芜村

夜桃林を出てあかつき嵯峨の桜人

游罢夜出桃花林，
晓作嵯峨赏樱人。

＊**季语**　桃花、樱花

＊**赏析**

这是芜村与尾张著名的俳人加藤晓台共游京都的伏见、嵯峨时创作的俳句，具有芜村喜欢的汉诗格调。京都南面的伏见以桃花著称，他们观赏以后，又去北面的嵯峨观赏拂晓的樱花，但似乎并非彻夜行走到嵯峨。句中镶入芜村的号夜半亭的“夜”字和晓台的“晓”字。

《富岳三十六景之青山圆座松》葛饰北斋

与谢芜村

およぐ時（とき）よるべなきさまの蛙（かえる）かな

青蛙游泳时，
仿佛无依靠。

*季语　青蛙

*赏析

芜村俳句的精彩之处表现得各有千秋。他描写小动物，在瞬间的动作里注入生命的灵魂，其观察的细腻和手法的精湛，后人难出其右。芜村又是画家，他所擅长的俳画最重要的特色就是表现瞬间的动作。但此句传递出绘画无法言尽的情感。

《春天的岚山》三木翠山

与谢芜村

草霞み水に声なき日ぐれ哉

くさかすみ　みず　こえ　ひ　かな

晚霞草迷蒙，
流水自无声。

*季语　晚霞

*赏析

“水无声”虽然只是听不见水声的意思，但“声”一字给晚霞笼罩的春天原野注入新鲜的生命。“草迷蒙”的表现方式也富有特色。同样表现流水的题材，有人表现为“流水无纤尘”。两相比较，自然芜村略胜一筹。“无纤尘”的明净，“水无声”的幽远，虽然都是五七五的俳句，表现深度却大相径庭。

《春之雪 京都丸山》土屋光逸

与谢芜村

行春（ゆくはる）やむらさきさむる筑羽山（つくばやま）

春阑珊，
淡紫透霞残，
筑羽山。

***季语**　春

***赏析**

此句描写春末夏初的筑羽山笼罩着淡紫色的霞光。夏天即将来临，将是群山叠翠，繁木浓绿。芜村以画家的敏锐目光观察红瘦绿肥的时序变迁，具有极高的描写季节的手法，一年四季的大自然都是他美的欣赏对象。如吟咏春雨的“春雨小浅滩，濡湿小贝壳”，使用两个“小”字，写尽作者纤细婉丽的感觉，可谓吟春雨的绝唱。再如“我家小，樱花不如桃花好”，这里胜于樱花的桃花具有浓烈的乡土气息，会勾引起日本人如痴如醉观赏的樱花所不可比拟的乡愁感觉。

大岛蓼太

世(よ)の中(なか)は三日(みっか)見(み)ぬ間(あいだ) 桜(さくら) かな

不见方三日，
世上满樱花。

大岛蓼太（1718—1787）

江户时代中期俳人。宽保二年（1741），从江户沿芭蕉“奥州小道”的路线旅行，收集芭蕉遗作。延享四年（1747）任雪中庵三世，提倡回归芭蕉，为普及俳谐和弘扬芭蕉业绩做了大量工作。蓼太著作颇丰，编纂书籍二百余种，门人号称两千。其作品平易明快。

* **季语**　樱花

* **赏析**

三天在家未出门，出门一看，满眼皆是盛开的樱花。此句包含着人生训诫之意，脍炙人口，说明人生无常，倏忽万变。作者此类俳谐还有如“气恼回家来，庭院柳随风”，看到垂柳随风飘扬，满心怒气随之平静下来，意识到应该柔顺处世。

胜见二柳

藻（も）がくれの海月（くらげ）に昼（ひる）のおぼろ哉（かな）

海蜇隐现水藻下，
白昼朦胧见月色。

胜见二柳（1723—1803）

江户时代中期的俳人。努力复兴俳谐正风，旅行各地。门人甚多，形成一大势力。

*季语　色朦胧

*赏析

“色朦胧”指的是春天的朦胧月色。海蜇在海藻下时隐时现，隐约漂浮。而白昼的月亮泛着令人害怕的白色的淡光，浮现在朦胧迷离的天空。两个朦朦胧胧的东西分别浮游在海里和天上，但这种结构给人过于理想的感觉。大概通过亲眼所见的在海藻下面时隐时现的海蜇的实景，构想出烟霭迷蒙的春天白昼的气氛吧。

高桑阑更

日の影や眠れる蝶に透き通り

日光穿透睡蝴蝶。

高桑阑更（1726—1798）

江户时代中期的俳人。原是商人，后抛舍家业，专注俳谐。在东山建芭蕉堂，供奉许六雕塑的芭蕉像，每年三月举行芭蕉会，提倡复归芭蕉。以平明的句风在京都地区自成一派，门人众多。作品清韵洒脱。

***季语**　蝴蝶

***赏析**

此句描写蝴蝶在春天阳光里宁静休憩的姿态，富有透明感。阑更以其名句“枯芦苇，日日折断随流去”被称为“枯苇的阑更”。夏天茂盛的芦苇，到了冬天，叶子枯干，逐渐掉落下来，随流水而去。这是典型的述景句，忠实地写生所见所闻。

黑柳召波

大原(おおはら)や木(こ)の芽(め)すり行(ゆ)く牛(うし)の頬(つら)

大原树先发，
嫩芽触牛颊。

黑柳召波（1727—1771）

江户时代中期的俳人。京都人。师事服部南郭学习汉诗文，为芜村门下俊秀。芜村赞其句风“清韵洒落”（《春泥句集·序》），“少有的高迈风流家”（书简）。他忠实践行芜村的将汉诗精神融于俳谐的教导，其作品带着浓厚的汉诗色彩，被称为“小芜村”。他去世后，芜村为其遗稿《春泥集》作序云：“京都有奇俳人者，今作古，犹折愚老一臂。”

*季语　嫩芽

*赏析

大原、比睿山、鞍马山都在京都北部，是京都的屏障，阅尽京都千年历史的变迁。这些地方最先感受到春天的气息，树木开始萌芽。原野上，牛缓缓行走，一双温顺大眼睛的脸颊轻轻地触碰刚刚萌发的嫩芽。作者细腻地观察自然界中极其普通的现象，以白描手法逼真地记叙下来，不着痕迹，意趣天成。内藤丈草有“此地是大原，蝶舞月朦胧”的俳句，抒发一种妖艳的美感。

三浦樗良

山寺(やまでら)や誰(たれ)も参(まい)らぬ涅槃像(ねはんぞう)

山寺无人来，
徒有涅槃图。

三浦樗良（1729—1780）

俳谐先学蕉风，后与芜村交往。性格放荡不羁，晚年剃发为僧。句风质朴淳厚，作品多取材生活小事，有人情味。著有《白头鸦集》《我庵集》。

*季语　涅槃图

*赏析

阴历二月十五日是释迦牟尼圆寂的日子，各个寺院在这一天都举行法会，但这座深山里的寺院未见一个参拜者。作者走进肃穆宁静显得萧条的大殿，却见殿上挂着一幅涅槃图。此句语言平白简洁，毫无修饰，但准确地传递出山寺岑寂的气氛，并且令读者联想到融融的春日、婉转的小鸟等生机勃勃的万物，体会作者的慨叹心情。

加藤晓台

ゆきどけや深山曇りを啼く烏

深山雪消融，
乌鸦啼阴云。

加藤晓台（1732—1792）

江户时代中期的俳人。宝历十三年（1763）编撰《蛙啼集》，拥有众多弟子，形成暮雨巷一派。明和五年（1768）举行《秋日》歌仙连句，以高雅素淡的情调寻求芭蕉的艺术世界。芜村殁后，成为京都、大阪一带俳坛的长老。宽政二年（1790）被二条家封为俳谐宗匠。其句风有的高雅幽艳、纤细稳重；有的豪放雄浑、气势壮伟，善于直觉地把握诗歌世界。

* **季语**　雪融

* **赏析**

深山的春天姗姗来迟，积雪终于开始融化，虽然天空低低地压着一层阴云，但毕竟不是严冬，可以感觉到春天的气息，仿佛连乌鸦的叫声也含带些许暖意，表示万物复苏的季节已悄悄地降临这余寒尚存的大地。

加藤晓台

风おもく人甘くなりて春くれぬ

风重人娇春将归。

* **季语**　春

* **赏析**

暮春时节，风既不重，人也不娇，这只是作者的主观感受，但由于语言的使用十分贴切得体，令读者产生同感。“风”与“人”、“重”与“娇”的对仗式的结构使俳句具有稳定感。江户时代的俳人把握俳句形式游刃有余，此句同时也显示出他们胸怀深邃的一面吧。同样写春天，如“摘堇花，小小春心生”，“小”是双关语，既说堇花，也说初春。

《龟户之藤》川濑巴水

加藤晓台

わかくさやくづれ車(くるま)の崩(くず)れより

板车坏路旁，
春草细又长。

*季语　春草

*赏析

一道普普通通的景象，一辆坏板车弃置路旁，春草在板车间蓬勃生长。春天来临，大自然生机勃发，无论什么地方都春意盎然，又纽又长的浅绿色的小草从板车下面的泥土里萌生出来，显得格外鲜嫩可爱，令读者产生鲜明的印象。

《富岳三十六景之相州梅泽庄》葛饰北斋

加舍白雄

人恋し灯ともしころをさくらちる

相思最销魂，
昏灯初上掩重门。
落樱更伤春。

加舍白雄（1738—1791）

江户时代中期俳人。主张创作俳谐应排除私意，自然天成，“不修饰别人，不修饰自己，不修饰文章”（《不修饰》）。他强调以世界万物感应于心，深入感情深处，然后用平易自然的语言表达出来，无须修饰。

* **季语**　落樱

* **赏析**

春日渐暮，昏灯初上，独到外廊，只见暮色苍茫中，数瓣樱花在晚风中飘落，独自端坐，不由得愁绪荡漾，伤春怀人，顿感寂寞。此情此景，难以排遣。白雄生性多愁善感，句风质朴无华、拙直易懂，但胜意迭出，韵味深远。此为其代表作之一，语带淡愁，清新婉约。

加舍白雄

夕风や野川を蝶の越えしより

ゆうかぜ　のがわ　ちょう　こ

蝴蝶飞过小河去，
晚风因之吹原野。

*季语　蝴蝶

*赏析

作品的意思是说蝴蝶翩翩飞过原野上的小河以后，晚风忽然吹拂。但作者不说“以后”，而说“因之”，因蝴蝶飞越小河而引起晚风吹拂。令读者联想到蝴蝶与晚风的关系，使俳句含带更加微妙的意境。此句的“因之”乃神来之笔，看似信手拈来，实则意味无穷，深得技巧之妙。

《天草本渡祇园桥》川濑巴水

加舍白雄

薄氷(うすごほり)雨(あめ)ほちほちと透(とほ)すなり

雨水滴答透薄冰。

*季语　雨水

*赏析

选自《白雄句集》。白雄是十八世纪末期天明俳坛名副其实的江户派代表性俳人，其门人写道："弟子约四千，知名者二百余人。"白雄的杰出之处在于他虽为名人，作品却毫无虚饰夸大之嫌，始终保持纤细幽玄的境界。此句描写雨水滴滴答答打在薄冰上，穿洞透下的景象，从中可以发现日语拟声词"ほちほち"独具的魅力。

《富岳三十六景之相州箱根湖水》葛饰北斋

夏目成美

花鳥（はなとり）もおもへば夢（ゆめ）の一字（いちじ）かな

便纵有花香鸟语，
无非“梦”字皆成空。

夏目成美（1749—1816）

江户时代后期俳人。十八岁因患痛风，右足不便，自称“俳谐独行之旅人”。五十多岁时把家业交给长子，自己结庵隐居，积极开展俳谐活动，他不属于任何派系，以清雅之句风、卓越之见识受人敬慕，是当时第一流的俳人，与建部巢兆、铃木道彦并称“江户三大家”。他崇尚芭蕉，是研究芭蕉的权威。作品语言凝练，体物精细，细腻地表现都市人的敏锐感觉，可以说不受世俗浊流所污染，终生以高雅的态度贯彻芭蕉的精神。

*季语　花鸟

*赏析

句题记说：“从友人处借来《源氏物语》，友人亡，欲往其家还书。”这首俳句表现出作者伤悼友人的悲痛心情。外面是鸟语花香的美好春色，风雅的读书情趣，都因为友人的故去而顿失赏心乐事的情绪。如今一个“梦”字，万事皆空。

建部巢兆

梅(うめ)散(ち)るや難波(なにわ)の夜(よ)の道具市(どうぐし)

正是梅花飘零时，
难波夜市卖家具。

建部巢兆（1761—1814）

江户时代后期俳人，与夏目成美、铃木道彦并称“江户三大家”。加舍白雄门人。句风恬淡清秀，洒脱中蕴含着深厚高雅的气韵。亦善书画，画风近似芜村及土佐风格。

* 季语　梅花

* 赏析

梅花凋落，应为初春，夜间寒气犹袭人。难波，即大阪。自仁德天皇始开辟为商业城市。当时风俗，多有夜市，出售不用的旧家具以及日常生活用品。家具在灯下越发显得古色古香，情趣盎然，但从另一面也暗示人们生活的贫困化，昔日的荣华富贵如烟云飘散。梅花花瓣飘落在买卖人以及这些日用品上，在人们熙熙攘攘的买卖声中，暗藏着“商业”的悲哀和寂寞，象征着传统美丽事物的破败没落。这夜市所寓意的“商业”也许正在造成这种没落的原因。与谢芜村有“秋灯一片多温柔，奈良夜市卖家具”，虽然也是吟咏家具夜市，但与巢兆此句大异其趣。

酒井抱一

瓦焼く松の匂ひやはるの雨

烧瓦松木香，
细润春雨酥。

酒井抱一（1761—1828）

画家、俳人。姬路藩主酒井忠以之弟，江户人。多才多艺，俳谐入江户座马场存义门下，绘画师从狩野高信、歌川丰海。三十七岁时剃度，任权大僧都，翌年在浅草结千束庵，一生风流豪放。句集有《屠龙之技》。

⁎**季语**　春雨

⁎**赏析**

选自《屠龙之技》。抱一是姬路城城主酒井忠以的弟弟，江户时代的文化文政时期（1804—1830）的代表性文人，绘画、书法、俳谐皆精。绘画方面追求江户中期美术大家尾形光琳、尾形乾山之遗风，努力在美术史上宣扬他们的业绩。虽亦有官府阔人爱好广泛的一面，但热心致力于文化的研究，终成一流文人。此句描写从烧瓦的窑里飘出燃料松木的清香，朴素风雅，情趣盎然。

小林一茶

木々おのおの名乗り出たる木の芽哉

树木争萌芽，
各自报姓名。

小林一茶（1763—1827）

信浓农家长子，三岁丧母，一生大多穷困潦倒。俳句吟咏庶民的喜怒哀乐，句风平实通俗，明白如话，清新轻妙，表现农民的强烈个性。然而，他的这种充满泥土气息的大众性通俗性俳谐在当时得不到社会的承认，至明治四十年代以后，人们才从反映生活的辛酸、被压抑的人性和抵抗的呼喊的视角重新认识一茶俳谐的价值。芭蕉、芜村、一茶是江户时代的三大俳人，一茶是后期的代表。他的俳句是心灵被蔑视的贫寒的农村知识分子愤世嫉俗、嬉笑怒骂的真实写照，折射出时代的褶皱。

*季语　萌芽

*赏析

此句作于宽政元年（1789），时一茶二十七岁。在江户无数的俳人中，一茶原先只是一个默默无闻的乡下人，但在他的俳句中已显示出非凡的生命力，辉煌的才华如锥处囊中，勃然欲发。当时他尚未脱颖而出，自然也含带着焦急绝望的情绪，但作品已摆脱俗俳的境界，从容不迫地萌发新芽。

小林一茶

夕燕（ゆうつばめ）我（われ）には翌（あす）のあてはなき

黄昏归燕犹有巢，
明日我却无去处。

☆季语　归燕

☆赏析

此时的一茶居住在江户，生活在社会的底层，穷愁潦倒。黄昏日暮，他茫然立于屋檐下，看燕子归巢，飞来飞去。连燕子都有窝巢，自己却连明天的生活都无法保障。这种毫无指望的日子何时才能到头啊？此时的一茶正处在人生的低谷，父亲死去，家族反目，俳谐停滞不前，孤独与贫困使他心力交瘁。这首俳句以平易直率的表现手法抒发作者的悲凉情绪。

小林一茶

はるかぜ　ねずみ　すみだがわ
春风や鼠のなめる隅田川

春风拂水面，
鼠舔隅田川。

***季语**　春风

***赏析**

隅田川两岸都是民居，居民们把残羹剩饭倒进江里，成为老鼠的美餐。作者不是直白，而是故作夸张说老鼠舔隅田川。这首俳句富有江户气息。一茶在平凡无奇的日常性中表现热爱生活、同情弱者却又无可奈何、苦涩自嘲的矛盾心态，体现着强烈的人道主义精神。他观察细腻，大胆使用俗语、方言、拟态语、拟声语。如“又大又亮萤火虫，晃晃悠悠飘过去”“白雪蓬蓬松松，一定很好吃”“柳上乌鸦，满脸若无其事”“白天的蚊子，不声不响，从后面飞来”“飕飕寒风，从我睡觉底下吹过”。句风生动亲切、拙直质朴，直率地表达自己的喜怒哀乐，但无不含带人生的痛苦。

小林一茶

米蒔くも罪ぞよ鶏が蹴合ふぞよ

撒把米也罪过呀，
引来群鸡争相斗。

* **季语**　斗鸡

* **赏析**

鸡在春天的精力最为旺盛，好斗力最强，日本自平安时代起就在宫中举行斗鸡比赛，室町时代将阴历三月三日定为“斗鸡日”。近世以后开始在民间流行，有的以此为赌。此句说自己出于慈善之心，特地买米向鸡撒去，却引起群鸡的争斗，而山鸠、麻雀坐收渔利。怜悯之心反而成为罪过。

他在《株番》一文中说：“诣布施东海寺，群鸡尾随身后，甚觉可怜，乃于门前买米一合，撒于路旁堇花、蒲公英之中，迅闻几处争斗之声。山鸠、麻雀亦从树梢飞下，安心啄食，鸡来时又疾飞树上。山鸠、麻雀大概盼望群鸡长久相斗。士农工商及各种生计皆如此。”动物世界如此丑恶，“士农工商及各种生计皆如此”，这就揭露出人类社会钩心斗角、尔虞我诈、自私自利、互相争夺的本质。

小林一茶

痩蛙まけるな一茶是に有り

瘦蛙不能输，

一茶在这里！

*季语　青蛙

*赏析

此句题记写道："四月二十日，见蛙斗。"《希杖本句集》题记云："武藏国竹塚有蛙斗。"这里的"青蛙"应是蟾蜍。蟾蜍在交尾期时，集中到池塘里，几只雄性为争夺一只雌蟾蜍展开激烈的争斗。有时人们也以此赌博，看哪一只雄蟾蜍能取胜，占有雌蟾蜍。这是一茶对体小力弱的雄蟾蜍发出的声援。

一茶生活在社会的底层，了解百姓的疾苦，同情弱者的不幸，人道主义精神在平凡的日常性中表现为对生活的热爱，甚至对鸟兽虫鱼等小动物也怀着亲切怜爱的感情。他的吟咏小动物的俳句很多，有大雁、萤火虫、杜鹃、青蛙、蝴蝶、黄莺、蟋蟀、猫、麻雀等，甚至还有人们讨厌的苍蝇、孑孓、蚊子、跳蚤、老鼠、蠹虫。这大概出于对被憎恨、受虐待者的同情而产生的负面意识吧。如"孑孓一日几沉浮""蠹鱼忙逃跑，可是一家子""莫拍打，苍蝇正在搓手脚""小麻雀，快躲开，快躲开，马儿要过来"。此句有数种解释，但从作品整体的语气连贯性来看，似为小孩子骑着竹马玩耍时说的话，洋溢着农村小孩子玩耍的欢快气氛。

小林一茶

雪(ゆき)とけて村一(むらいっ)ぱいの子(こ)どもかな

积雪融化后，
满村都是小孩子。

*季语　化雪

*赏析

雪国春晚，在温暖的阳光照射下，积雪开始融化的时候，忍受着漫长寒冬日子的孩子们都迫不及待地欢呼雀跃着跑出来玩耍，可以想象满村子都是孩子们一张张欢乐的笑脸和兴高采烈的声音。此句充满农村乡土气息。

写孩子的俳句如“真想成为，正月的孩子”，这是一茶三十五岁时的作品。他想成为正月的孩子，因为正月的小孩子是令人羡慕的。这大概因为他的少年十分凄凉，从小在家里备受虐待，“来和我玩耍啊，没有爹妈的小麻雀”般的孤独。

小林一茶

わが春(はる)やたどん一(ひと)つに小菜(こな)一把(いちわ)

一把小菜一块煤，
陪我今年度新春。

*季语　春天

*赏析

一茶一生的大部分日子穷愁潦倒，命运乖蹇，有时过着寄寓生活，心头总是萦绕着寄人篱下的悲凉和自卑情绪，难以排遣的孱惙只好通过对故乡的思念聊以慰藉，所以他的俳句充满孤独的思乡情愁，同时也流露自嘲的无奈。新春时节，家里只有一把小菜一块煤，没有年糕，连火炉也是冷冰冰的。

他还有很多作品记述这种一贫如洗的生活："萧瑟起秋风，乞丐看我比自身。""暂借邻室昏灯漏，且耐严寒进晚餐。""蓝天当纸指为笔，秋暮独书空。""黄昏归燕犹有巢，明日我却无去处。""今冬首场雪，明日炊烟一把草。"孤独与贫穷交织在一起，羁旅漂泊的人生遭遇在他的俳谐里化为强烈的孤独乡愁。他思念故乡，又憎恶故乡，他在天真无邪的童年没有得到家庭的温暖，过早地失去浪漫的童真，又过早地体验人性的丑陋卑劣带给他的悲哀，在他的记忆里，只有备受欺凌的屈辱，这一切同时也造就他在任何艰难的环境里不屈不挠、顽强奋斗的性格。故乡，这美好的词语，对他是大自然的美好与现实生活的辛酸的混合存在。他的俳谐有辛酸的哀叹，有凄楚的诉说，有苦涩的揶揄，有不平的愤懑，却没有黯淡的绝望，没有低沉的颓丧。

小
林
一
茶

梅がかやどなたが来ても欠茶碗

梅花开芬芳，
无论谁到我家来，
白水缺角碗。

* 季语　梅花

* 赏析

此句作于文化元年（1803）。梅花盛开时候，人们兴致勃勃前来观赏，但无论谁顺便到自己家里来，招待他们的只是盛在缺角碗里的白水。吟咏“梅香”的俳谐很多，但像一茶这样把风雅的梅花与毫无情趣的缺角的碗搭配在一起，从未有过。

芭蕉咏梅花句有“山路闻梅香，恬然见日出”。芭蕉描写的是在梅花飘香的山路望见日出的景象，表现作者融于大自然的心态。芜村吟咏梅花句有“梅香飘升月色晕”，在俳谐里营造幻想般世界的幽微之美。与他们相比，一茶既没有芭蕉那样与大自然息息相通的深沉，也没有芜村那样思绪在唯美的幻想里驰骋的奔放，而具有野性的鲜明个性，因为他首先必须为温饱劳碌奔波，不会像有闲俳人对风花雪月无病呻吟，附庸风雅，甚至把“福寿草”（侧金盏花）称为“贫穷花”，把“梅花”称为“贫穷梅”，把“葛”（常春藤）称为“贫穷葛”。虽说戏称，其实心底还是深藏对贫穷生活的强烈意识，也就没有赏花弄月的闲情逸致。

小林一茶

又ことし娑婆塞ぞよ草の家

独居茅屋迎新春，

今年又是“酒饭袋”。

* **季语**　新春

* **赏析**

此句为岁旦吟，题记写道：“纵被贤者叱为流民，于今何奈。”一茶在江户居无定所，过着寄食生活，自我戏称“丐头”，心里却一直自卑，备受“流民”意识的折磨。在前一年的岁末，他曾自责“几多不耕罪，又是岁暮时”，对自己不从事农活的不劳而获、寄人篱下的生活感到内疚，“不耕而食，不织而衣，此后实可怕”，这种愧疚一直使他心中不安，大概对自己的未来也进行认真的思考。这首俳谐说自己今年还是一个活在世上毫无用处的“酒囊饭袋”“废物”，是他苦恼的表白，流露出哭笑不得的复杂的自嘲情绪。一茶很小就离开家乡来到江户，没有固定职业，过着几乎是流浪者一般的生活。这种贫困与家乡的艰辛没有什么区别，而且还遭到都市人的白眼，使他对江户社会深感愤懑。“人称白头翁，寒气袭心头”，“白头翁”是“乡巴佬”的意思。他的思想深处带着深刻的农民意识，生活在江户都市里，始终不忘凋敝的农村，所以他的俳谐往往交织着都市流民与农村贫困体验者的感受，客观上也揭示出城乡之间、贫富之间的社会矛盾。这也是一茶俳谐强烈的鲜明个性。

内藤鸣雪

さざ波(なみ)や古(ふる)き都(みやこ)の初(はつ)もろこ

涟漪轻荡琵琶湖，
古都初赏颌须鮈。

内藤鸣雪（1847—1926）

比子规年长二十岁，四十六岁开始创作俳谐，尊子规为师，为日本派长老。尚情趣，句作多清丽明澄，脱俗飘逸，厌新好古，带着浓厚的芜村式文人趣味。

* **季语**　颌须鮈

* **赏析**

颌须鮈，鲤科淡水鱼的一个种群，盛产于琵琶湖，可食用。古都，指天智天皇（626—672）定都的近江国大津。壬申之乱（672）后，化为废墟，是一座充满悲剧的国都。《万叶集》中多有表现其兴亡衰败的哀歌。内藤鸣雪是明治时期的人，他一边怀古，一边品赏琵琶湖著名的诸子鱼的早春美味。句风朗阔疏放。

村上鬼城

残雪(ざんせつ)やごうごうと吹(ふ)く松(まつ)の风(かぜ)

残雪耀眼明，
松涛呼呼吹。

村上鬼城（1865—1938）

患重度耳疾，一生多贫困，其作品充满平民的感情，表现对贫穷、疾病、残疾、弱者、被欺凌者的无限同情，吟咏人生不幸的忧愁苦恼，显示出与艰苦境遇进行拼搏的顽强不屈的意志，句风粗犷。

*季语　残雪

*赏析

虽然已是春天，二月的山间，树根上残雪犹存。山风呼啸，摇动着松树林，形成阵阵松涛。尽管依然寒气逼人，但人们从这松涛声中感觉到一种温暖和明亮，春天正以坚定的步伐走进这寒冷的山林，显示着刚强的力量。残雪之“白”与松涛之“绿”相互映衬，给读者一种爽快的视觉享受。“呼呼”的叠声不仅是听觉的效果，更令人产生与大自然融为一体的心境。此句可谓鬼城俳句之巅。

村上鬼城

闘鶏(とうけい)の眼(まなこ)つむれて飼(か)はれけり

斗鸡眼瞎了，
依然被饲养。

* **季语**　斗鸡

* **赏析**

斗鸡一般在三月进行。曾经英勇善战的斗鸡被对方啄瞎了眼睛，如今已完全失去战斗力，却仍被主人饲养着。失败者结局的凄惨跃然纸上。

鬼城一生贫病交加，身患残疾，生活艰辛，精神苦恼，他的俳句含带忧愁悲哀，在只知道一味主张吟咏自然花鸟的杜鹃派里是一个独特的存在。但人生苦难没有使他一蹶不振，颓唐悲观，却磨砺意志，培养与逆境抗争的坚强精神。大概由于这个原因，他的俳句中的鸟类等动物多是遭遇悲惨的命运。正因为如此，鬼城的这种清朗乐观的俳句更给人深刻的印象。“露水凉，有形万物皆生存”，季语“露凉”所产生的存在感是其他词语不可替代的。他对弱者、残疾人、受欺凌者，乃至弃蚕、盲犬、哑蝉、老鹰、瘦马、斗鸡等动物都表现出深切的同情和怜悯，寄予着珍爱生命之心。如“早春尚嫩寒，盲犬行走撞着墙”，失去方向感的盲犬装到墙壁上，这正是自己命运的投影。“蝌蚪大国在河底”“秋萤理想国，定在草原里”等，都通过动物寄寓作者的情感。

正冈子规

一桶の藍流しけり春の川

春日河川里，
一桶蓝靛流。

正冈子规（1867—1902）

俳人、歌人。他推动俳句、短歌的革新运动，大力开展“日本派”俳句，发行《杜鹃》，成为俳坛主流。他是明治俳论的开拓者，也是近代俳论的开创者，“子规派”的作品使俳句以崭新的面貌出现在明治新时代的俳坛上。主张写生手法，句风富于变化，情趣丰富，最能表现他的奔放不羁的诗魂和追求纯粹诗歌精神的力量，晚年追求平淡隽永。患肺疾、脊椎骨疡，卧床不起。歌集有《竹乃里歌》《病床六尺》等。

* **季语** 春日

* **赏析**

春天来临，河水潺潺。染坊把一桶剩余的蓝靛倒进河里，于是清澄的河水变成蓝色。色彩是句作的中心。子规把这首俳句称为“流畅体”，平顺宁静，流利舒畅。

正冈子规

春雨（はるさめ）のわれまぼろしに近（ちか）き身（み）ぞ

春雨细蒙蒙，
我身近幻影。

* **季语** 春雨

* **赏析**

子规的表弟藤野古白立志从事文学，入东京专门学校（现早稻田大学）学习，但于明治二十八年（1895）四月饮弹自尽。子规非常喜欢古白，对他深怀期望，此事使子规悲痛凄恻。表弟死后一年，为他举行追悼会，但子规因卧病未能出席，遂吟此句以悼之。身近幻影的“我”自然指的是子规本人，但也可以视为古白借子规之口的吟咏感叹。

正冈子规

月人（げつじん）ハ逝（ゆ）イテ麦人（ばくじん）春寒（はるさむ）シ

月人已逝去，

麦人觉春寒。

* **季语**　春寒

* **赏析**

题记云：“麦人求追悼月人之句。”月人、麦人均为《杜鹃》的年轻俳人。月人（酒叶公济）于明治三十三年（1900）三月三日病殁，其挚友星野麦人向子规索追悼之句。原文的片假名书写使作品产生汉诗感觉，月人、麦人这两个名字互相呼应。有感必应，在形式美中包含感情。

子规师从外祖父大原观山学习汉学，十二岁开始写汉诗。如他在二十二岁时写的一首汉诗：“生命将系细如丝，咯血三旬号子规。不敢红尘涴衣带，犹期青史垂姓名。”他从前一年的五月突然咯血，未免心头忧恐。此诗表示不愿红尘（俗尘）污身，尚期青史留名，看似明治书生的豪言壮语，其实是在新年里表示自己面对疾病的决心。

正冈子规

一八(いちはち)の屋根(やね)並(なら)びたる小村(こむら)かな

屋顶尽绽鸢尾花，
小村毗邻户户家。

⁎**季语**　鸢尾花

⁎**赏析**

鸢尾花，原产我国，春夏时节，开紫色或白色的花。小村子一排排的房子屋顶上都盛开着鸢尾花，非常美丽的农村景色。日本农家是茅草屋，鸢尾花种在茅草上，是为了防风。此句意思平白清晰，诗中有画。子规把这种风格称为“神韵体”。如“花飘落，河水南流”，流水驮着飘落的樱花花瓣向南流去，流水不息，不论花开花落，流水自是不停地向南流去。子规受汉诗尤其清诗的影响，追求以禅喻诗、超然物外、物我合一的“非空非实”的诗境。

夏目漱石

梅(うめ)の奥(おく)に誰(だれ)やら住(す)んで幽(かす)かな灯(ひ)

梅林深处何人宅，
半星灯火漏幽微。

夏目漱石（1867—1916）

小说家，其作品具有鲜明的现实主义倾向，《我是猫》等是日本近代文学的代表作。受子规的影响创作俳句，句风注重创意，构思新颖，趋于浪漫，或洒脱幽默，反映作者高雅澄洁的心境。他的俳句叙述主观感受，好用汉语、俗语。

*季语　梅

*赏析

漱石吟《梅花一百零五句》赠居于东京的子规。梅香送爽之夜，从默林深处漏出一点灯光，定是雅士隐居其间，不禁心向往之，但淡含哀愁。

夏目漱石

玉蘭（ぎょくらん）と大雅（たいが）と語（かた）る梅（うめ）の花（はな）

玉兰与大雅，
亲热话梅花。

* 季语　梅花

* 赏析

“玉兰”应为“玉澜”，日本南宗画之祖、首屈一指的画家池大雅的妻子，本人也是画家。这一对艺术家夫妇相恩相爱，流传许多高雅超俗的逸闻。此句吟咏他们和睦温馨的生活，配以高洁清香的梅花。漱石作《梅花一百零五句》，送卧病的正冈子规斧正。句中的“话”原为“住”，子规改一字，则夫妻之间息息相通之景象跃然纸上，可谓一字师。

尾崎红叶

鶯(うぐいす)の脛(すね)の寒(さむ)さよ竹(たけ)の中(なか)

竹里黄莺足胫寒。

尾崎红叶（1867—1903）

小说家、俳人。与山田美妙成立砚友社，创刊《我乐多文库》。在俳句方面，成立秋声会，与日本派对抗。俳句集有《红叶山人俳句集》《红叶句集》《红叶句帖》。

⁎季语　黄莺

⁎赏析

黄莺飞落到院子的小竹丛里，在竹枝上跳来跳去，充满春天的气息，但作者总觉得它纤细的足胫不胜寒冷。突然发现平时不大注意的黄莺“足胫寒”，使犹带嫩寒的初春景象显得情趣优雅。

松瀬青青

桃の花を満面に見る女かな

女子满面看桃花。

松濑青青（1869—1937）

与关东的《杜鹃》派对立的关西俳坛的重镇。曾任小学教师、银行职员，后上东京任《杜鹃》编辑。回大阪后任《朝日俳坛》评选人。其句风受日本派的影响，朴素稳重，观察敏锐，情趣丰饶，具有汉语的节奏感，音调整饬。

*季语　桃花

*赏析

桃花的颜色映照在女子的额头、脸颊、嘴角，衬托出一个娇嫩丰腴、满面红光、青春焕发的少女形象。人花相映红，显示出成熟的女性充实旺盛的生命力，展示一种健康的美。青青在表现女性的魅力方面十分敏锐细腻。作者不说桃花映人面，而是说看她满脸是桃花。这是此句的精彩之处，令读者想象全身被灼灼桃花映照淡红的艳丽女子的形象。他认为“咏物就应该深入一步，在其深处反映出自己的感受”（《倦鸟》）。绘画式的构思与机巧的季题运用使强调主观感觉的人事句具有传统的自然观照。

河东碧梧桐

赤い椿 白い椿 と落ちにけり

红茶花，
白茶花，
遍地落花。

河东碧梧桐（1873—1937）

早期投入子规的俳句革新运动，成为新派俳句的代表性俳人。后提倡“新倾向派俳句”，与高滨虚子对立，着意部分写生、发挥个性、强调主观心理描写，形成暗示性的句风。最后摆脱定型和季题的传统格式，提倡自由律俳句。1933 年六十岁时，退出俳坛。他的句风历经多次变化，富有题材个性和象征含义。句境开阔，生动新鲜，以新词入句，生动活泼，在题材个性化和词汇使用上具有强烈的时代气息。有的一句使用几个不同季节的季题，后期还创作不少破格句，无季题句，甚至有的句作长达三十多音，类似“自由诗”。

＊季语　茶花

＊赏析

这是碧梧桐初期的代表作之一。碧梧桐的初期创作坚持五七五的格式，歌调十分完整严饬。在鲜花盛开的山茶树下，红色的花瓣飘然落地，白色的花瓣也飘然落地。高滨虚子后来解释这句俳句说，有两棵树，一棵是白山茶树，另一棵是红山茶树，红白山茶花瓣落在地上，颜色鲜明。但作者的着眼点不是落花的过程，而是已经落在地上的花瓣实景，尤其是颜色，绘画的表现形式与小景象的客观描写荡漾着华美雅致的气氛。这既是实景描写，也可以理解为作者对红白山茶树下乱红无主的感慨。

正冈子规对碧梧桐句风的评价是"碧梧桐之特色在于创作各处皆印象极其鲜明之俳句"，"所谓印象鲜明，乃使咏其句者如感睹眼前实物实景之谓也"。"如山茶花之句，若以小幅油画写之，只需画并排落于地上的一团白花和一团红花则足矣"，"眼前感觉如睹两团红白之花则已满足"（《明治二十九年之俳谐》）。

此句最先发表在《日本》上，是"白茶花，红茶花，遍地落花。"白花在前，红花在后。翌年在子规的《明治二十九年的俳谐》一文中出现时白花和红花的顺序做了颠倒。子规没有解释这样颠倒处理的原因，大概觉得红色放在前面更具印象鲜明的效果吧。花瓣的红色和白色是此句的生命，通过颜色写出山茶树本身的生命，这种感觉的写实正是子规所提倡的芜村调写生的具体体现，开拓出俳句的新世界。

《高野町之樱》三木翠山

河东碧梧桐

春寒し水田の上の根なし雲

春寒水田瑟，
清澄见浮云。

＊季语　春寒

＊赏析

这是碧梧桐初期的作品，正冈子规赞为佳句。叙景之句，浅白亲切，语言精练，却无雕饰之痕迹，自然贴切。“水田”与“浮云”成为“春寒”的具象表现，展现大自然富有透明感的情趣。大野林火以为此句美而哀愁，暗示作者的生涯。

《名古屋城》土屋光逸

河东碧梧桐

老妻若(ろうさいわか)やぐと見(み)るゆふべの金婚式(コト)に話頭(カタ)りつぐ

老妻显年轻，
昨晚谈论金婚事。

＊赏析

此句作于昭和十二年（1937）一月十九日。当天的日记这样记载：“昨天晚上，我对妻子说：再过十二年就是我们的金婚纪念了。最近她买了锦缎宽幅腰带，说是我们举行金婚仪式的时候系在和服上。我笑着说，你打算活到那一天啊。其实十二年说快也块，似乎不知不觉就很快来临。”可是碧梧桐在十多天后突然去世。这是他最后的俳句。当时碧梧桐已经隐退俳坛，心情相当感伤，但这首俳句依然明朗爽快。

从音数看，此句共二十三音，比定型的十七音多六个音，而且没有季题。碧梧桐晚年不承认和歌和俳句的区别，把自己的作品称为“短诗”。从这个意义上说，这首作品也许不能称为俳句。但是，即使他提倡无季的自由律，其创作的貌似短诗的作品也是继承俳句的骨架，没有人视其为短歌，从短歌的角度进行研究，所以，他的作品仍然属于俳句的范畴。

因为没有季题，不便分在哪个季节，但此句创作于一月，姑且放在“春”的部分。

高滨虚子

芳草(ほうさう)や黒(くろ)き烏(からす)も濃紫(こむらさき)

芳草萋萋处，
乌鸦也深紫。

高滨虚子（1874—1959）

大正后半期的俳坛领袖。与河东碧梧桐并称子规门下双璧。与河东截然不同，虚子自称“守旧派”，坚持传统，主张俳句的内容可有自由的思想，但十七音的定型、一句独立、季题是不可动摇的铁则。以子规的写生论为基础，倡导客观写生“讽咏花鸟”，并努力推动行吟创作的实践。他主持的《杜鹃》培养出一大批大正、昭和时代俳坛的代表性作家，成为日本俳坛历史最悠久的杂志之一，大致反映出明治、大正、昭和三个时代俳句史的大观，受人推崇。昭和二十九年（1954）被授予文化勋章。一生留下数量庞大的句作，风格或平易淡白，或秀逸轻妙，或纯朴清新。著有《高滨虚子全集》（十六卷）。

*季语　芳草

*赏析

此句作于明治三十九年（1906）三月，是作者在虚子庵召开著名的“俳谐散心”句会上吟咏芳草的十句之一。阳春三月，芳草萋萋，到处春光明媚，大自然弥漫着嫩绿的芳香。乌鸦飞落在草地上，似乎也被春天清朗温润的气息和碧绿的芳草染成深紫色。目之所及，春色辉明。子规殁后，他的两个高足河东碧梧桐和高滨虚子开始对立。虚子以“胸中斗志坚，独立山丘迎春风”“降霜霜为盾，坚定守法城”的态度向河东碧梧桐的新倾向运动发出宣战，这首俳句也表现出他与碧梧桐对立初期逼人的气势。

高滨虚子

蝶々のもの食ふ音の静かさよ

蝴蝶啮物声悄静。

*季语　蝴蝶

*赏析

作者听见了本应无法听见的声音。在这里，蝴蝶不是“吮吸”，是“啮物”，而且还有“声音”。这就把蝴蝶的动作提到暗示所有动物“啮物”动作的高度。正是这种貌似非现实的直观揭示了一般性的写实手法无法触及的生命现象。

《秋田土崎》川濑巴水

臼田亚浪

木より木に通へる风の春浅き

风穿树间春初浅。

臼田亚浪（1879—1951）

短歌师事与谢野铁干，俳句师事高滨虚子。创刊《石楠》。他对杜鹃派的季题情趣和新倾向派的散文化风格都持反对态度，主张“定型季感诗”，在内容上追求“诚”和“自然感觉”，被称为新理想主义或新浪漫派俳人，其作品极力表现内外一致的紧张充实的力量，具有内省的魅力。句集有《亚浪句钞》《旅人》《白道》等。

*季语　春浅

*赏析

在早春淡淡的阳光里，略含暖意的风在树木间轻轻地穿动，仿佛可以感觉到树芽萌动的气息。作者以极其敏锐的感觉捕捉到早春微小的信息，心里流淌着春天即将来临的喜悦。这种感受性极其纤细，从大自然的细微变化中发现自己活跃的精神世界。

种田山头火

笠へぽっとり椿だった

山茶花，
扑哧掉落斗笠上。

种田山头火（1882—1940）

曾经营酿酒业、旧书店、画框店，在图书馆、区政府工作过，均失败。后出家，一钵一笠云游四方。他在明治时期创作定型俳句，大正时期受荻原井泉水提倡的具有“光”和“力”的散文律俳句影响，入其门下，开始创作自由律俳句。他的俳句是他人生的写照，这也正是他人生俳句的存在意义。句风平易简明，多使用口语，托物寄怀，别具一格。句集有《草木塔》，遗稿集有《守愚》等。

＊季语　山茶花

＊赏析

这是山头火在平户一带的行吟句。他在日记中写道:“岛屿！此处的确多有山茶树，然已枯萎，今日初闻黄莺鸣于竹丛。”他从几天前开始腹泻，日记又写道:“死！一想到死，不由得胆战心惊。因为自己看破生，却没有看破死。因为还没有做到真正的心安理得。我为什么要离家出走？我为什么要云游流浪？啊！”看来他创作此句时想到死，山茶花掉落斗笠上的扑哧一声也许就是一种凶兆，因为他的行乞人生本来就如风前残烛。

这是一首短律俳句，原文只有十三音。其他短律俳句还有“蛙声赞水美”（原文十二音），“树叶落尽果实红”（原文十五音），“可是入冬冷雨声”（原文七音），“气喘吁吁尝水味”（原文十四音），等等。

渡边水巴

てのひらに落花(らっか)とまらぬ月夜(つきよ)かな

月夜伸手掌，
落花止不住。

渡边水巴（1882—1946）

大正四年（1915）成立曲水吟社，翌年创刊俳句杂志《曲水》，成立曲水吟社，任社主长达三十年。他主张俳句的本质在于情调，其作品强调表现个人的情绪主观性，具有唯美倾向，兼有纤细潇洒的江户情趣。著有《水巴句集》《白日》《富士》《夏天的风景》《新月》等。

*季语　落花

*赏析

月夜落樱，别有一番情趣。作者伸出手掌，想止住樱花凋谢掉落，然而花瓣依然在自己的周围纷纷飘落。手掌、落樱，还有头上盛开的樱花，这一切都沐浴在溶溶月色里。这月光，没有秋月那样的清澄明亮，而是含带着朦胧妖艳的感觉。月光和落英都是实景，手掌将这两个实景联系在一起，生出美妙的幻景。

前田普罗

御仏を見し眼に竹の枯るるなり

拜佛眼睛观竹枯。

前田普罗（1884—1954）

长期在富山任新闻记者。高滨虚子的《杜鹃》的主要俳人，多有吟咏里日本（里日本，指本州毗邻日本海一侧的地区）山脉的佳句。创刊《辛夷》，后任社主。他反对在俳句创作中采用西方自然主义的手法，从这个意义上说，他的俳句表达日本民族回归的生活环境。强调俳句对人们闲寂心境的作用，而且不把感情视为现实的人的感情，而是置于季题情绪之中。著有《普罗句集》《春寒浅间山》《能登苍然》等。

*季语　枯竹

*赏析

此句作于佐渡，题记云：“拜谒真野村国分寺药师佛。”普罗在国分寺琉璃堂参拜药师佛以后，走出寺院，看见淡黄的竹叶随风摇曳。竹子开始枯黄的时候，当为春天之句。他曾三次来到佐渡，拜谒佛像的“眼睛”与看竹子的“眼睛”将历史与现实、人工之美与自然之美连接在一起。看着竹叶渐渐枯黄，不由得想到自己老境将至，一抹悲哀袭上心头，敏锐的观察中含带着宁静的孤独的心情。

普罗生长在大城市里，对严酷冷峻的大自然怀着强烈的憧憬和礼赞。他以全身心的力量试图阐释人的永无止境的欲望与有限的知识之间的摩擦与矛盾，其方法就是俳句，因此，大自然的风景在他的心灵产生巨大的投影，眼睛在“佛”与“枯竹”之间的流动正是精神与现实的交融体现。

尾崎放哉

一日物云はず蝶の影さす
（いちにちものいはずちょうのかげさす）

一日无语观蝶影。

尾崎放哉（1885—1926）

曾去朝鲜任日本火灾海上保险公司经理，翌年辞职，到中国东北寻找工作，未果，又与妻子离异，孑然一身回到京都，在各地寺院一边干活一边创作自由律俳句，翌年开始托钵放浪生活，最后死于西光寺南乡庵。放哉初期创作文语定型俳句，后采用客观叙述法表现生活时，出现口语化的倾向。也许只有口语自由律最能表现他的孤独、贫穷、流浪、疏狂的一生境遇。遗著有句集《大空》。

* **季语**　蝴蝶

* **赏析**

这是放哉在须磨寺内的大师堂打杂时期的作品。寺院一般在盂兰盆节、忌日以及每月的二十一日大师日比较繁忙。他为前来参拜大师的香客插蜡烛、捧抽签筒。平日没人来参拜，大师堂空空荡荡，他从早上起就默默独坐。时已过午，太阳开始倾斜，忽然看见蝴蝶在纸隔门上投下它小小的身影。此句点出“蝶影”，不仅仅使人感受到作者的孤独，也觉得“蝶影”在瞬间安慰着孤独，也许他从中看到自己与现实世界隔绝的、令人窒息的影子。

原石鼎

花影婆娑と踏むべくありぬ岨の月

花影婆娑欲踩踏，
悬崖樱树月色明。

原石鼎（1886—1951）

《杜鹃》的主要作者。《鹿火屋》社主。擅俳画。他认为俳句既然是诗、是韵文，就应该强调创作情感，认为有余韵的俳句才是优秀的作品。力求将发自自然的感动感应于俳句，在清寂的意态中与自然同化，具有丰富的感性，后逐渐转向清雅古典。句集有《花影》《石鼎句集》《深吉野》等。

*** 季语** 花影

*** 赏析**

“花”指樱花。这是夜归之句。作者在《隔着桌子》中写道：“我走在银色月光铺洒的山崖小路上，忽然发现正要踩下去的脚下有一团婆娑的黑影。这是什么影子呢？我不由得抬头看去，只见头顶的悬崖上有一棵樱树，一轮明月仿佛从它的顶部将月光透过盛开的樱花照射下来，在地上留下如此婆娑的花影。自己就要踩踏下去的正是樱花的影子。”作者抬头仰望月光下的樱树，低头观看地上团团的黑影，陶醉在美丽的夜色里。高滨虚子评此句云：“格调高朗，无法使用平平淡淡的语言和客观叙述法表现激动兴奋的心情。”（《俳句前进的方向》）

原石鼎

青天（せいてん）や白（しろ）き五弁（ごべん）の梨（なし）の花（はな）

晴天一片蓝，
梨花五瓣白。

*季语　梨花

*赏析

此句为石鼎的代表作之一。晴空碧蓝，万里无云，梨花盛开，洁白如雪。二者对映，其形状、颜色相映成趣，仿佛远离俗世，纤尘不染。自然这只是作者的感受，似乎在大自然中获得一种瞬间的心境。

《耶马溪》桥口五叶

中塚一碧楼

くさあおあおうしさ
草青々牛は去り

牛去草青青。

中塚一碧楼（1887—1946）

《海红》的代表性俳人、社主，新倾向俳句运动的核心人物之一。鼓吹“无中心论”和口语自由表现体，后来又创作口语自由律俳句，发起自由律运动。句风由新倾向的奇拔渐趋抒情自由律，朝适应人道主义的时代思潮发展，明快甘美，以柔和的语调吟咏生活的悲哀。

*季语　草青

*赏析

牛在青草茂密的牧场悠然自在地吃完草，离开以后，只剩下一片辽阔的绿油油的青草。此句只有十一音，在这么短的诗律里表现如此广阔清爽的意境实在不可思议。这样的短句还有“水声松花开”等。当时一碧楼的句风是从古典式的表现里探求朴素的写实，同时融进近代社会的精神，在自由奔放的节奏中触摸感觉的世界。这种极端短小的俳句从大正末期到昭和初期在《层云》相当流行。

中塚一碧楼

無産階級の山茶花べたべた散るにまかす

无产阶级，
一任山茶纷纷落。

☆ **季语**　山茶花

☆ **赏析**

句中的"无产阶级"指衣食无着的穷人。他们受到社会的欺压，满腔怨恨，却无处发泄，只是默默看着山茶花在寒风里纷纷飘落。"山茶花"是春天的季语，但作者的目光对准贫穷的百姓，山茶花已经失去传统意义上的季题情趣。类似的俳句还有："夏日早晨穷人儿，怀抱一棵圆白菜。""女工成群结队，满身枯草气味。""缫丝女，只见后背不见脸，日出到日落。"等等。

杉田久女

花衣（はなごろも）ぬぐやまつはる紐（ひも）いろいろ

观樱归来，
轻解缠腰锦衣带，
多姿多彩。

杉田久女（1890—1946）

昭和初期的女俳人。先为《杜鹃》同人，后被《杜鹃》开除，精神上受到沉重的打击，此后创造力急速衰退。作品起先具有平淡轻灵的情趣，后由于激烈倔强的性格、家庭不和的原因，转向通过写生表现内心强烈奔放的情绪，达到心象与事象的一致，以极其丰饶广博的知识构筑浪漫的理想世界，凸显其自我意识的觉醒。晚年冷寂孤独，陷于精神错乱的极度苦闷。句风热情奔放，绚丽浓艳，极具丰饶的感受性，成为近代女性俳句追求自我感受风格的源流。

*季语　花衣

*赏析

此句写作者盛装观赏樱花归来，换上轻便的家居衣服，她轻轻解开织锦和服腰带，一条又一条，不由得感叹竟然缠着这么多腰带，而且每一条都艳丽多彩，美不胜收，一种愉悦的心情不禁涌上心头。一个“缠”字，透出些许倦怠感。而解开好几条多姿多彩的腰带，显示艳丽服饰的同时，也流露出充满青春活力的女性肉体的解放，同时或许还包含自身化为落樱凋零的轻微愁叹。

芥川龙之介

あおかえる
青蛙おのれもペンキぬりたてか

青蛙自问：
身上绿漆，
可是新刷的？

芥川龙之介（1892—1927）

小说家。师从高滨虚子学习俳句，后喜古典俳谐，倾心于芭蕉。著有《澄江堂句集》。

☆**季语**　青蛙

☆**赏析**

这是芥川的早期俳句代表作之一。构思机智敏巧，给读者鲜明强烈的视觉印象，创意奇拔的表现手法使俳句至今仍然色泽清新，这也正是俳句的美丽所在。

川端茅舍

ぜんまいののの字ばかりの寂光

满眼薇菜尽“の”字，
寂光净土界。

川端茅舍（1897—1941）

因患脊椎骨疡，后半生多卧床。他通过对自然的赞美获得自我意志的磨炼，以准确新颖的比喻、拟声语和紧凑弹动的音调塑造多姿多彩的造型美。他追求俳句之道的强烈个性和人与物化的顺应自然具有浓郁的芭蕉遗风，同时也渗透着西方式的美学意识。

* **季语**　薇菜

* **赏析**

“寂光净土界”是真理的智慧之光照射的寂静的世界。薇菜的形状似“の”，这首俳句使用四个“の”，形成许多“の”字集中在一起的印象，“の”的声调反复出现的回声将读者引向静寂的佛居之地。前面是写实，后面是感觉。作者不仅仅以眼睛观察现实的“薇菜”，而是以视觉、嗅觉、听觉、触觉等全身的感觉来体会眼前的实物，从而达到向“寂光”世界的飞跃。作者的灵魂通过“薇菜”欲上天堂，而留在俗世的写生的“薇菜”也犹如川端净土的象征。这是茅舍的代表作之一。

川端茅舎

翡翠(かわせみ)の影(かげ)こんこんと溯(さかのぼ)り

翡翠鸟影，
滚滚溯流上。

⭑**季语**　翡翠鸟

⭑**赏析**

翡翠鸟身体比麻雀稍大，尾短，嘴尖直，头部和翼为黑色，颈部为棕白色，腰部为亮蓝色，非常美丽，喜栖山麓多树的水边，食鱼虾。翡翠鸟站在木柱上，影子映在滚滚流水里，就像影子溯流而上。虽然鸟影是静止的，但令人感到它会随时飞跃。鸟影的“静”与水流的“动”在句中取得平衡，仿佛一幅绘画，而“滚滚”的富有节奏的水声犹如从画中流出，变成有声的流动的微妙画面。

西东三鬼

みな大き袋を負へり雁渡る

大家都背大口袋，
归雁列队横空过。

西东三鬼（1900—1962）

俳人。生于冈山县。日本牙科医专毕业。《京大俳句》同人，提倡新兴俳句的主将，因“京大俳句事件”被捕，一时辍笔。句集有《街》《夜之桃》《变身》等。随笔也轻妙灵动。

* **季语**　归雁

* **赏析**

此句作于昭和二十一年（1946）。"归雁"是春天的季语。作者自注云："全国各处的车站都能见到同样的景象。人们都背着装满东西的大口袋，里面大概是食品。我不由得十分生气。只见春雁列队从他们的上空飞过。"战后初期，日本食品匮乏，到处都是人们排队抢购东西。"大口袋"既是物理上的重负，也是心理上的重负，使人感受到当时的人们都背负着宿命这个沉重的包袱。

三鬼描写排队的作品如："队头深入屋子里。""购物排大队，婴儿捏拳哭。""低头排大队，风过尘土扬。"都是现实的写照。"排队"本身成为那个时代活生生的语言，具有和季语同样的观念性，这就使无季俳句产生强大的生命力。这一首名句，显示着整整一个时代的风俗所具有的永恒性。

西东三鬼

青天に紅梅晩年の仰ぎ癖

仰望蓝天与红梅，
人到晚年已成瘾。

* **季语**　红梅

* **赏析**

选自《西东三鬼集》。三鬼于昭和三十七年（1962）四月一日因患胃癌去世，时年六十一岁。这是俳人的创作日趋晚年圆熟充实的年龄。他的句风经历过新兴俳句、战时、战后几个阶段的变化，作品的本身也出现相当大的反差。三鬼原为医生，却得此恶疾，恐怕备感悒郁。“晚年成瘾”，作者的突然自我发现，含带着悲哀的自嘲。

日野草城

春の夜のわれをよろこび歩きけり

行走春夜里，
心中多舒畅。

日野草城（1901—1956）

早年组织成立京大三高俳句会、三高京大俳句会，创刊《旗舰》。他标榜自由主义，创作无季俳句、连作俳句，成为俳句新兴运动的旗手。把短歌的感觉移植到俳句中，运用直接把握对事物感触的手法，以甘美新颖的抒情句风打破大正末期俳坛的低迷，具有知识阶层明朗的感觉，开创一个清新的时代，起到从大正向昭和过渡的作用。昭和十六年（1941）息影俳坛，战后创刊《青玄》。

* 季语　春夜

* 赏析

草城在京都旧制第三高等学校读书时创作的俳句就充满清新的气息，出类拔萃，令人惊讶。“春晓树树雨，唯有人不知。”“凉粉如烟缓缓沉。”这些佳句都是他在高中时的作品。此句也是那时的创作，是对年轻人在春夜里强烈勃发的生命力的赞歌。虽然初读略有突兀之感，但从中可以体会到学校的学生宿舍自治制度的自由解放的感觉。

日野草城

物の種にぎればいのちひしめける

握住一把种子，
生命躁动掌中。

* **季语**　种子

* **赏析**

抓一把种子握在手里，仿佛每一粒种子所蕴藏的生命都在手掌里躁动。这些种子播撒在土地里，将开花结果，期待着丰饶的收获。这是作者运用对事物的感觉把握的手法创作的俳句，包含强烈的情绪感。

他把俳句视为诗歌的一个领域，是语言文字表现的艺术作品。所以鉴赏俳句，终极是间接地对一般文艺的鉴赏。

松本孝

沸沸（ふつふつ）と田螺（たにし）の国（くに）の静（しず）まらず

水泡扑哧冒不停，
田螺王国不平静。

松本孝（1906—1956）

其父为宝生流能演员，但以病弱，终无法继承父业，师从高滨虚子学俳句。《杜鹃》同人，与中村草田男、川端茅舍等成为俳坛重镇。尤其与同样病魔缠身的茅舍同病相怜，交往甚密，两人的俳句都多使用“如”“似”之类的比喻，其句境亦被称为“茅舍净土”“孝净土”。他的俳句始终贯穿着宝生流能的艺术精神，时而流露出病人纤细脆弱的神经感受，时而表现出刚毅顽强的性格，时而色彩华丽，具有唯美倾向，追求表现形式的完整美。

* 季语　田螺

* 赏析

田螺在清澈水田的柔软泥土上爬动，看似宁静不动，其实在缓慢地不停运动，甚至时常吐冒出小小的泥烟，显示着小生命强有力的存在。生命虽小，但这是田螺的王国。该句集还有“退潮沙滩美，整洁樱蛤多”，这样视觉澄明的作品恐怕非松本孝莫属。

有诗°

打开世界的边界

扫描二维码

上喜马拉雅在线听书

风雅俳句：行走春夜里

播讲人 | 陈修齐（日本文学硕士、日语译者）

图书在版编目（CIP）数据
行走春夜里 / 郑民钦编著. —北京：现代出版社，2019.11
（风雅俳句系列）
ISBN 978-7-5143-7662-3

Ⅰ. ①行…　Ⅱ. ①郑…　Ⅲ. ①俳句—诗歌欣赏—日本
Ⅳ. ①I313.072
中国版本图书馆CIP数据核字（2019）第132546号

行走春夜里

作　　者：郑民钦
责任编辑：申　晶　朱文婷
出版发行：现代出版社
通讯地址：北京市安定门外安华里504号
邮政编码：100011
电　　话：010-64267325　64245264（传真）
网　　址：www.1980xd.com
电子邮箱：xiandai@vip.sina.com
印　　刷：北京瑞禾彩色印刷有限公司

字　　数：119千字
开　　本：880mm×1230mm　1/32
印　　张：6.75
版　　次：2019年11月第1版
印　　次：2019年11月第1次印刷
书　　号：ISBN 978-7-5143-7662-3
定　　价：56.00元

有诗

打开世界的边界

风雅俳句系列

《行走春夜里》

《初夏谒日光》

《正是麦秋时》

《初冬小阳春》

世 界 上 最 短 的 诗 ， 日 本 人 的 心 之 风 景